破れ遊行独り旅

オウムで死んだ息子とゆく

尾崎ふみ子

文芸社

目　次

序

私の感情によって生まれ、私の食べものと心持ちの影響下で育った晴人は、（あの子供騙しの）オウムに吸いこまれ、地上を堕とされた。間接犯罪者として。
すべては私によっての大前提。
殺人の真犯人は私である。

ある時七歳ぐらいのハルトが私に、「丘の上に立っていたら麓の方に大きな穴があいて、穴の手がおいで～と言うから飛び込んだら死んじゃったんだよ、もう死んじゃったから大丈夫だよ」と。

夢

林郁夫氏へ
小菅の刑務所宛てに出しましたこの手紙を貴方は受け取ってくれませんでしたね。
受け取るべきだったと私は思います。極点の猛省のやわらかき心を得たのでしたら。
あるいはまだ半端なのか、角度が少し外れているのかと私は感じます。

前略
某大学の哲学科に在籍し閉塞気味でした息子は、三カ月集中修業でチベットに無料で行けるかもしれないという甘言に乗って、仏教研究組織オウム（私にそう言っておりました）だから心配無用との、私への説明を残してリュック一つの軽装でうれしげに出かけたまま、とうとう帰らぬ人となりました。
私自身も、テレビや週刊誌などほとんど見ない生活習慣でしたから、オウムなど露知らずで「気をつけて行ってらっしゃい」というありさま。
本と音楽ばかりで暮らしていた頭解のみの生活に行き詰って体張る魅力を多分夢想し、飛びついたのでしょう。しかし三カ月過ぎても帰らないので、私は不審を抱き、打診しはじめたところ、オウムの石頭的応答に、事態は急速にはっきりし出して驚ろき、あの上九一色村を闇雲に歩き廻って探すこと十数回、嵐に巻き込まれて死にかけたこともありました。途中、一度会えた時にはもう骸骨寸前に衰え、ぼろ屑のような姿で、明らかに薬物投与の能面、それ見た瞬間、骨の髄がガタガタ震え、骨の髄の知覚など、あとにも先にも生涯でこの場面だけです。あの事態に子供が巻き込まれただけでも生きた心地のしない一、二年でしたのに、さらに恐ろしい追い打ちで息子は‘死ぬ’という羽目に陥りました。いくら想像力の達者な者でも、この美しい盛りの子供が突如消滅するという恐るべき暗転をどのようなものかわかることは不可能でしょう。
貴方にはお子さんがいらっしゃるのですか。私はあれから、骨と化した息子を背におぶったまま、お墓となって、今日一日だけガンバル、今日一日だけと一息一息喘ぎ捻りながら生きています。私は私ではなく息子になって息子の生を暮らしています。それ以外生きてる方法がありませんから。オウムなどに騙されて言語道断と、除籍を提案した者や、その他諸もろそれに類する受け取り方にまわった者とは一切縁を切り、私は今、道芸人となり下手な三味線をかき鳴らし、からだから自然発生するおどりを踊って出稼ぎ暮らしをしています。
これが私と子供に一番相応しいからです。陽にさらされて風に吹かれて道端に座っている以外、生きる形は何ひとつありません。(貴方はいかがお過しですか)
そのように暮らす決意をしても、最近まではどうにもこうにも気持ちが滅入って頭がクモの巣張ったように酷いものでしたが、自分の死亡日時を決めて(お墓を続けるには体力の限界もあるし、何よりも子供殺してそう長く生きるわけにはいかないからです)逆算法・下降法の生き方を心決めしてからは少しは元気をつくろうことができるようになりました。何年先の今頃はここに座ることはないといちいち頭をかすめますから、片時も時間つぶし的な姿ではいられませんからね。しかも私は息子なのですからなおさらです。こうして息子が懸命に生きているふりをして私は生存を続けています。
なぜ貴方様にこのような手紙を出しましたのか……。それは、貴方の猛省ぶりには同意していますが(貴方の書いた本、読みましたが自己弁護に終始していて気に入りません。貴方の立場としてはもっと大局視野からの反省にならなければと思います)貴方はひとつ決定的に認識が欠けるところがあるからです。言ってみれば、なぜ多くの学生を含む若者達があそこに取りこまれたのか、それは実は、あんな譬えようもない麻原自身よりもむしろ貴方のような世に言う優れた資質——社会的地位？も含めて——と、一見品格者が居たせいなのです。それによるところが大きいのです。（普通の人にとって心臓外科医の威力はたいへんなものです）その意味で貴方の罪科は実質、麻原に劣らないと思います。貴方のような立派そうな人が居って（オウムの出した本の中で貴方はそう燦然と描かれています）人間世界の膿んだ実相に嫌気がさしている若者たちは、何か真に価値ある別のモノ、生きものらしい生き方、普通処ではない生き方を始めたいと夢想して貴方の表層に魅かれて入って行ったのです。確かに。（結果的には、息子は眼力の育っていない騙されやすい馬鹿者で死んでしまったわけですが）
話はそれますが、子供は、その頃心臓がひどく悪かった私に、再三、林さんの医院に行くように電話をかけてきたのです。普通の西洋医学の病院ではだめだと言って。オウムの医者は、自然の良能というものを医療の中核に据えているらしいと言って。私は近いうち尋ねて行ってみようと思っていました。危ないところでした。
林さん！　麻原なんか、実物見ればあんな豚（豚にはごめんなさいです）のようにだらしなく太って、詩人や芸術家や求道者であるはずがないことすぐわかるはずでしたのに！　ともかく貴方のような立派そうな医者も居たものだから、多くのある種・純性の者たちはみんな吸引されたのです。そのことを貴方ははっきりと深く認識して下さい。その上で、貴方のことを私は今後も気にかけ心配しつづけます。私は子供と、旅芸に生き、しまいに二人で笑って野垂れ死にします。
麻原の本、私は事件以後殆んど読んでみましたが、詐欺の天才資質ありです。あいつは、自身の劣等意識を逆手にとって、自分の一生を遊戯（でっかい悪遊戯）で色どってしまう魂胆に走ったのです。
いっそのこと、どでかくやっちまえという破綻の生存法を思いつき、口車に乗りやすい善良な人間を巻き込んで（私は十八回、上九一色村に行きましたが、悪相のオウム信者に出会ったためしがありません、ミンナ哀れに言いなりになる人相の者ばかりです）一大芝居を打つ大バクチ・ゲームに出たのです。まさしくあれは「ゲーム」です。
アイツの本をみてこれが一目瞭然です。宗教精神らしきもの、化学・科学らしきもので巧みにカムフラージュしながら、至るところにインチキの怪しさが露呈していますが、人良しは引っかかるかもしれません。
圧倒的劣等意識をデングリカエシで活用することにとり憑かれた過剰欲望の固まりのような人間。大きな劣等感は時に爆発を起こすものですから。
アレはなかなかに死ねない拷問処刑をやらねばなりません。（実際問題として人を処刑できる資格の人間などひとりもいませんから実現不能ですけれどね）はっきり言って私は、大昔の仇討ち方式に引き戻りたい心情であります。麻原含めて、実際ダンプで息子を虫ケラのようにひき殺した、おそらくは、いらついた威丈高な人間に対しても、昔なら仇討ちの旅に出発できるのにという考えが、息子が死んだ瞬間の場面を思って頭が発狂しかける時に、一瞬その考えが頭をもたげますから、人はすべておそろしいとも言えます。これですと誰でもオウム（と言ってもいろいろやったひと握りの者ですが）になれる素因ありということですからね。右頬たたかれたら左も出すなどというわけにはなかなかゆきませんからね。この、ほとんどの人間が持っている心理深層の構図が人間最も難儀なわけです。極端ですが、交換条件の範囲の愛？に立脚して人間は生存しているという……。
思いつき次第の羅列文になりましたが最後にもうひとつ二つ書き残しを添えます。
実はこれが一番言いたいところです。
オウムの未だ、居残りの連中についてですが……、あの脂肪毒の麻原のすぐ側に連なっていた貴方様を含めた側近たちでさえも真相つかまず、何年も麻原に侍《はべ》っていたわけですから、ずっと遠まきに居た者たちは未だに知覚神経の隔離施設に居ると同様（これが組織と名のつくものの一大特長で情報云々とはまた別問題で——会社だって同じようなものでしょう）の状態で未だ、口をぽかんとあけているあほう鳥のままなのですから、「言っても解らない——これ自体がまちがっている、なぜならそういう貴方たちも解らなかったのですから——どうかしている」と放棄せずに（政府筋のように禁止条例をいくら作ってもダメ）、固形となってしまっている彼らの心の奥をほどくことをなんとかしてやること。これが貴方や他の側近たちの、命かけて生涯やるべき事だと思います。貴方が過去悔いて涙流してもそれこそ不毛で、（貴方は生きているのですから）これから何をなすべきかに入って行くべきでしょう。しかもその中で最重要なことに手をつけること。あの団体を解体させあほう鳥を迷妄から脱出させること。その行動を通して、理不尽な被害に遭った人々へ生涯・片時も休まず詫び続けること。膿んだ人間世界にハドメをかける役をやること。これらのことは貴方のようにこれ以下はない地獄に堕ちた者だけが出来得ることと思います。上層、表層の知識者、批評家等の助言、言動は全く無効で空廻りするだけです。
事件以後、オウム抜けた側近の人たちも、大きく関係した立場上、責任上、もう一度皆んなオウムの中に戻り、説得と'気づき'の大きな補助者となるべきです(これについても貴方は叫ぶべきです)。それをしてのち生き直しをやるべきです。その責務は外部の者には絶対できない、精神医学者、心理学者その他総動員してさえも全部無効。
くどいようですが、貴方がた側近だけが可能なのです。しかも至難の技。これをやらなければ生きてはいけないと思います。
この旨の嘆願書出されて多方面の支持を得てぜひともそれをやって下さい。監獄に居りながらもです。ない方法を編み出して。貴方のような人がそれを担わなければ、あの居残りの者たちは長引けば長引くほど、今後、普通の人間の生活を手にすることは不可能になります。(人間世界は思ったよりも寛容な、あたたかなものではありませんからね)さもなければ、格段に徳高き者に変貌をとげることしか生存の道はなしと言えます。ともかくいずれも狭き門。
最後に私は貴方にふしぎな二つの感情が同居している私の心

をお伝えして終りにします。
‘批難’とは別に同じ事態に、この幼稚且つ恐るべき事態に連なり合ってしまった縁？　による一種の（同）情とでも申しましょうか——。
健康を維持しあとは命を賭けて命を捨てて、やるべきことをおやりになることを陰ながら祈っております。
重ねて、居残り者に対する観点の再考を願っています。
乱暴な文面をお詫びします。

1998.10.16
尾崎ふみ子

道芸記

小乗ヒステリー抄

No.1　皮切りに水戸　'96.8.31

‘ハルト三月死’によりマー（私）と合体し、これよりふたり旅。気向きには無関係に晴天の限り、出稼ぎを続けることを鉄則とす。その他に生き続ける方途なし。

キョトキョトしたこおろぎ仕掛けの挙動となって、この虫の狂いの明晰と、頓狂をもらい受ける。今日の命が前のめってそれが三味線を引率していくようにゆくこと。

No.2　神宮橋

半年ぶりの踊り。ひょっとこなにわとりか、あやつり人形のようにふしぎな軽さで　どこまでも進行する。‘よそゆき’が剝がれていて、ただ無為に遊び戯れているようなあらわれで。

夕方、かなしみ恨めしの包丁さばきで左手ひどくそぎ切る。たった指一本のケチな怪我だ。

No.3　神宮橋

この期に及んでも、未だ‘表現’に走る胡息。

No.4　神宮橋

東北弁のルンペン氏、私の三味とりあげて弾く。乾いた陽性のルンペンのリズムが刻まれているだけで　何をやっているのかよくわからないのにとてもいい。刺激あり。

自分がいい気持でありさえすればいいのだよといった感じで、もっぱら自分サイド。

涼しいあと味。

なら、私の三味も踊りも、廃虚と化した洞《うろ》のようなこのからだを、そのまま露呈する以外にないだろう。露出症。

No.5　柏

同業が隣に居ようが空き場所が一点しかなかろうが、自分が活きる方法をその場づかみすること。邪魔にもならず自分生かすこと。
――マーに似て阿呆だから人間の表よりも裏側に釘づけになって、目、耳塞いで、自分の肉身に埋くまり、うしろ向くしか方法なくなってしまったのねハルト。それで自滅道。まさか死ぬほどひどいうしろ向きとは摑みきれずに、外交手腕よりははるかにましな、青年特有の、むしろ良き特徴とみなしてそのうちそのうっ屈は大きな滋養となって開花するにちがいないと。とても気になりながらも、踏み込みが全然足りなかった私。
結果、殺してしまったのだ。あまりにあまりで言語表現不能だ。何よりの原因はお前に対する遠慮配慮がありすぎた事。もっとがさがさとお前の身内に入りこんでかき回し、衝突し、とっくみ合いもやり、仲直りの感動もし、揉《も》み合えば、自閉の打開の可能はあった、今となって。第一、この方法を、人間関係の結び方として一番あたたかいものとする考えをマーは元から持ち続けていたのに、お前になぜこれを持ち込めなかったか。
これは根が深いのです。大きな二つの問題があるうち、一つは、私は自分の両親というものがきらいだった――もちろんとても好きな部分もあったけれど――。総じて絶え間のない争い、小さな思惑の次元での利己レベルの愛情や感覚方向を感じて好きになれずの子供時代で、どうにかしてここを脱け出したい一本やりだった。
で、親と子の間柄などというものは、大むねこんなもの（子供というもの独得の、潔癖性からくるところの嫌悪、否定と脱皮成長の）かとのくくりがあったものだから、子供のうちとりわけ温和しいお前（体は見事な敏捷さだったけれど、ずかずか立ち入れば二度と出てこないような過敏）には一番遠慮が起きてこの取り返しのつかない恐るべき失策を。大学に入る年令になった頃には、話の方向がよく合っていて引力関係になっていたけれども、自閉の素地はおそらくずっとそれ以前に出来上っていたのだろうか。

内向や自閉は、その反対よりずっと好みだけれど、実にむずかしい命の断崖だ。私自身も同じだし。嗚呼《ああ》。

No.6　表参道

ハルト背負って踊る。重いのにとっても自在感。

指示が視えるみえるいくらでも見える。

それに従っただけ。ず〜っと行く。

酩酊の選択能力だったねハルト。

澄んだ酔っぱらいだった。

何ひとつ寄るべなきに依って皮肉にも自由な？身心《ミココロ》となり、八方に自在な増殖をした感あり。

No.7　柏

三味線を私のからだに深く埋めて、背中を丸めて魂《タマ》踊りの三味を弾くこと。捏造はもうやらない。隠れずありのままさらけ出すのみ。

No.8　表参道

ふたりで弾き踊る。

少女二人連れ、感動と言って泣く、一体、何をするのだかあてもなくふらふらと出だすのが一番いいらしい。するといつの間にやらあるモノふつふつと湧きい出、とうとう溢れて、からだの物語が綴られている。
先行きの流れがちらついた時には寸詰まりのこと多い。
細工は必ずしも流々にあらず。
積極意欲も要らない。準備なしのからっぽで、素手で出ていくだいじ。

No.9　神宮橋

人がほとんど目に入らないほど共に溢れて一体でやったねハルト。しかも独りよがりではないような気がする。ま新しいその場づくり以外けっしてやらないことだ。
——あっちにもこっちにも救急車の音。中にはいつもズタズタにされたお前の瀕死の体が横わって最後の命の叫びをあげてマーを呼んでいる。そのたびに私はおそろしい形相になって体・石になる。きわめてきわめて遠慮がちな性質だから、及ぼす迷惑を体の無意識が感知し自分を人間の邪魔者として自ら消えたのかもしれぬ。私にかけた最後の電話で、お前は長々と泣いていた。小学生以来のまことに不思議な泣き。一体あれは何だったのですか神さん。

No.10　柏

‘慣れ’でやるならやるな！
‘馴れ馴れし’ほど嫌味なものなし。

No.11　我孫子

私とハルトは虚体。幽霊の姿形。
ゆえに重さもなくかげろうのように軽く自由に舞えるのです。もっと虚体の強化を。

No.12　神宮橋

どんな音を出したいの？救命音です。救命音を弾きます。私のは音楽じゃなくてよい。三味の線上で私の肉体を行きます。だから弾くではなくて　三味で音おはなしをやるつもり。

No.13　表参道

ボコボコ、土くれの湿度もった音色に三味を改造する。普通のぱりんとした晴れやかな音はもう私とかけ離れていて頭の中がひきつれてくる。

よ～く感じながら。するとますますゆっくりと牛へ牛へ。

‘感じ’に全面、心奪われていきさえすればよいだろう。

No.14　取手

からだで。裸のからだで。

体張ってね、やるの。労働。

これ三味線？　ええロックギターです。

労務者のように謙虚な働らき者になろう。これできっと　血も元気にぐるぐるまわり出す。労務者がいちばん怪奇が薄いもの。

No.15　馬橋

道端らしい場所。人まばら。

風に吹かれ、世界にふたりぼっちのさみしさ。この世は処理場だ。片っ端から処理していくのみ。

No.16　柏

前向きすぎていたよ。‘乗り’に乗っかるようなやり方はもう似合わないのに。背中向けた沈殿で、前には出ないことだ。その方が私自身というもの。

「聞いて下さい」も自分に向って。

興奮で汗かくような前向き行為は×。

No.17　神宮前

ママゴトしようねハルト。それしかないもの。
風に吹かれてくるくる舞いする木の葉になって、宙ぶらりんの蓑虫になって。
残り世を純粋遊戯する所存。

No.18　取手

人向けにやるとよいことただの一度もなし。
閉じて容易に出てこない貝のおこもりを。
そうして人の評価にはもう耳を貸さない。
それらができている時にのみ誰か人がじっと見てくれていることを再三経験するくせに……。

No.19　神宮前

だだ——っと突っこんで入れ。
誰か、うしろから突きとばしてくれたらいいのに。
——何をやっているのかまったくバランバランに支離滅裂です。縫い合せようもないほどに。まるで本気の物質分解が始まっているようだ。
ミンナは着々のまとまりですか？

No.20　能登・輪島朝市にて

地べたに座って物売りするおばあさん達が間に入れてくれて。あっという間にお椀にお金もいっぱい。あしたの朝もっと早く来なさいと言ってくれたが悪いから遠慮する。
ありがとうさようなら。あったかく久し振りの人心地。

No.21　米原新幹線ホーム端にて一時間

No.22　柏

ハルトは消えた。

人は人とほんとうに深く満足に交わることがあるのだろうかという一大疑問を抱きながら、多分。

No.23　神宮橋

周りの散漫に盗られて散漫にならないこと。人混みも騒音もおかしな空気もすでに私神経質になっている事態ではない。ひたすらひたすら。どんな場所でも雰囲気でも。

——Hさんちの T君に、七、八年ぶりにバッタリ会う。小さい頃、ヒステリックな刃物みたいな行動が目立つ子だったのに、あっちから見てもこっちから見ても尖んがりみじんもなく、大らかな優しそうなハタチ青年に変化していて、いつまでも尾を引いてうれし。

ず〜っと生きてるといろいろに変るんだね。

No.24　池袋西口

しゃべるなかれ。つるつるつるつる。

濃い'時間塗りつぶし'に徹する覚悟の生存は喘ぎ喘ぎの息つぎの連続、ああ今日は夕方になってつくづく疲れた、神経がひりついてなにかやわらかい着物に着られたい。体ごしごし洗ってケリをつけなければ。ハルト！マー時々ぶっ飛んじゃいそうになるよ壊れかけて。

No.25　柏ホコ天

修業するとしたら体の指令以外ビクとも動じないことだけだ。困窮ひどく頭が考える力を失なった時、いつだっていいのだから。三味線だっておどりだって人格人柄だって。

頭は寸詰まり浅薄なのだ。オール体感。はじめからこうだったらお前はこんなにならなかった。このちっぽけな固い頭が元凶だ。からだこそが正しき感知能力。正しきお導き。はじめから、体の鋭い感知力を私の理性としてきたなら――あ～死ぬ頃になってこんなこと言い出してもあとの祭り。半狂乱になって上九一色村を十八回かけ廻ったってあとの祭り。
人は生涯ずっとあの半狂乱で生きなければいけなかったのだ。半狂乱が大切なのだ。しかしながら遅まきながらもこれからは要治療の一歩手前までゆくこと。半狂乱の熱情で。熱情だけで生きたいとどんなに思いつづけてきたことか五十年間。

No.26　神宮橋

半狂乱でゆこうねハルト。そして、やぶれかぶれの快活を。死を舞台にして。誰はばかることなしに！やってやってバンザイ叫んで死のう。至福の狂気へ突っ込む！
体の奥の奥の方からぬっと手を生《は》やして三味弾くこと。願わくは明るく優しく。

No.27　松戸

何も無しの‘ゼロ’だもの簡単で無尽蔵だ。
自棄のからだだけが表現力を持っているんだ。
ハルトは長旅に出たままだ帰らない。
ず～っと待ち続ける約束を交わしているから待ち続けてればいいんだ。

No.28　池袋

みんな急いで用事の足どりだ。
もっとちゃらんぽらんと歩いた方がいいのに。（そういう私も‘下向き歩き’でどこも見てない。）

▼宣言

お前が居ないのなら、目標は死だけだもの簡単な話である。

それならばいっそのことダイナミックな明色の狂人になるぞ——。
それのみが私の「残り生」のエネルギー。半端では間ヌケとなってしまうよ。急遽、あちらへ転居します。
これでどっと一ぺんに開けるよし。
音なんか出たって出なくたって旗かかげて商いに出かけます！

No.29　神宮橋

どうしようもない飢えと祈り。
限りなくゆっくりした感情でやりたい。
三味を打つ右手もだらりと意志が弱まって、ただ当てているのですと。どうやろうかの構成工面などもう急速に終ってしまった。祈りの自動機械となって賽の河原で石積みをしよう。

No.30　神宮橋

題は何？いつも「何処へ」。どこも避けずに寄港して歩きます。子供を探しているのです。それが急務でもう恥づかしがっている暇はイチブもありません。
恨みや情念にもかなりさようなら。

No.31　柏

ひとりだけのお客はスゴイ。何しろ真正面で●⇔●だから。互いに命入り。一番こわい。けれどもやはり‘いいもの’になることが多い。
▼自分の耳の内だけで弾く。耳の中に耳入れてよく耳を澄ます。耳の外からもう聴かない。

No.32　取手

人が百人みていても関係を持たないことだ。埋もれ人としてうしろ向いて墓穴で演ること。交易はやらない。
──お前が死んだということまるでふしぎな綾とりみたいで、マーにはどうしても解りきれません。じ〜と考えつづけるのだけど解らず、とうとうしまいに挫折してモノ少し食べたり歯みがいたりしてしまってもう何百日。
時々ぶるっと身ぶるいしながら、またそのパターンをくりかえす。そうやって解りきれないからマーこうして生きているのかもしれない。
明解に解ったらハッと死ぬのかもしれないと。

No.33　神宮橋

‘さみしさであたたまる’ ふたり。
さみしくってふたりであったかいね。
もうどこも見ていない領界に行くのが、
私にふさわしい。あの世とこの世の中間世界でおどろ。どっちにも自由に出入りして。

No.34　北小金

誰も伴奏してくれないものふんふんふんふん独り言の変な唄うたいながら踊ればよいよ。出鱈目に打ち興じること。カボチャ。カリウム。

No.35　取手

自家受精で我が道を行くよ。
からからからから風に吹かれて枯れ葉がころがるこの光景が私の慰め。安らぎ。ひょうきんとさみしみの。

No.36　柏

また普通のちゅう躇してる！
狂人の資格免状を持っているのだからなんだってやれる。バランス感覚だなんて捨て！

No.37　今日も身そぎに出かけます馬橋

絶望のやわらかさでふわっとね。
怒る意欲など喪失したのに少しツノが出すぎててそれじゃ嫌味というもの。

No.38　小岩

ほんとうにかろうじて生き継ないでいる毎日。
時々、継なぎ目に大亀裂が入って時折ほんとの狂気がしのびこむ。

No.39　神宮橋

やはり一回きりの衝動行為がよい。
捨てて清々しいだけのあと味となる。
最も活き活きしいのは衝動だ。
ソレ瞬時逃さずのめりこんでズズズズズズと、我に還るまで突っ込むとそれはすでに思念の高さに達している。

No.40　柏

わたし固く厚い殻に覆われているその中でやろう。無理してそこ出る必要ない。と決めたらひょこひょこ散らかさないで。
——どうすりゃいいのたって　どうにもなりません。砕け散った破片の肉身ですから。
世界は人っ子ひとり居ない荒野だしどうにもこうにも死出の旅路の予行演習をしているだけです。カケラが少しは溶けたと思えばまた一層のカケラ。ずぶずぶと湿地に入っては、あたり見まわしても曇り目には何も見えず。はじめからなにもありはしないのだ。

No.41　土浦

根こそぎ失なった空っぽは強味だって？　客観氏はよく言う。
ならば矢でも鉄砲でも何でも持ってこい。無い、得られない、ないない居ない。
なにも無くてああいい気味だ。
▼中身空洞のかかしにでもなって、そのまま三時間も立ってればよかったものを、ちろちろ動いて虚しく帰る。

No.42　松戸

朝のこのめざめのいやさ。散乱した自分をやっとかき集めて二時間もかけて起き上るのだよハルト。もう立ち上る必要なんかどこにもないのにと思いながら。ひと朝ひと朝。

No.43　取手

枯れ田のわらぼっちに寄っかかってひとりぽつねんと日なたぼっこ。そのように三味を弾く。
――お前はあれから一度も飲みも食べもせずお風呂にも入らず正しく清貧の美しいありさま。
あの人にいただいた‘雪の赤んぼ’の花のよに清らかに澄んだ暮らしぶり。まことに死は美の極致。汚ないうんこだって一回もしてないもの。それにひき比べてマーはまさしく精神の貧者。

No.44　我孫子

夜中に必ず一度心臓が止ってあしたの命はもう無理だろうと。けれども今日もまた持ちなおしてしまって。それじゃ出かけようハルト。
小さな旅のつもりに。

No.45　神宮橋

下手を越えてレッキとした芸能の仲間入りにピョコタンピョコタン向かわなければただの子殺し。

No.46　北小金

心臓さえよかったら寒風の中が最高。

人も、あたたかさも要りません。

埋くまってず～っとうしろへ退いた気持ちで弾いてしっくりの音。後退を私の前進とすればよいのだ。

リズムとは人の自由意志だ。

寄せては返す波のリズムでも、1、2、3のタクトでもない。

No.47　松戸

さみしくのろのろのろのろ弾くと、次第に身心がやわらかくあたたまってくる。スピードはもう私のものではない。

お前居ないでマーはどこに居てどこに行けばよいの。

No.48　神宮橋

「今日が最後のつもりのをやるんだよ、マー」

「うん、わかった」

死んだも同然の生だから範囲は広大だ。

おもしろさや見せの配置、これらももう私には合わない。

No.49　馬橋

うまく動きまわってまた騙しの手口をやりました、今日のおどりは。子供と引き替えなのに仰天だ、アンタの恐ろしさは。よくもあんなヘラ踊りで。

No.50　柏ホコ天

やっぱりなんとかしてガンバらねば。

今の時点での魂《タマ》込めで。

自分の灯がきえたらハルトも息絶えることと。

No.51　柏ホコ天
老夫婦じっくり見てくれる。二人に向って
裸の一直線で踊る。
お前のせいでマーは風邪ひかないよ。
みんなインフルエンザはやってひどいのにいつだって背中ぽかぽか。お前殺して平然と元気なマー。ほんとの縛り首だね。
お前は見ているの？
No.52　馬橋
裸木となった桜の木の下で長い踊りお話をおどる。
——すいかくりぬいた中にみそ汁入れて玉子の黄身二つ入れて壊さないようにいつまでもかき回している私。
No.53　神宮橋
考えかすめた時すでにペケ。
いい時はいつも、それと知らずにやっちゃってるのだ。これを無心というのだろうが、やってやってとうとう無心のおでましというものだろう。
三味も踊りも。
No.54　柏
取りあえずの今日をやっと押しのける毎日。
気の栓塞ひどく、ざりざりした気持ち拭いきれずに、夕方になると頭と胴体切り離したくなるような異常さとなる。
No.55　松戸
大苦痛は必ず脱皮の前に位置すると言うが‘死’だけはなんとしても無理だ。
No.56　我孫子
背中の痛みひどくて鉄板のよう。

No.57　取手

死んで生きてるような茫然自失の肉体をそのまま最後まで決行しつづける以外になし。
――細い棒になってしまったハルトが六体もひと縛りになってころがっている。

No.58　神宮橋

寂しさゆえに三味線少し冴えたかも知れない。私の踊り、その場刹那のつぶやきだから構成などあるわけがない。あるのは意味不明の羅列の連なりだけ。よって、作品の体を為さずだ。

No.59　柏

これは巨大な穴ぼこで、時々漏れてくる薄日をたよりにもがきダンスをしている生だ。
ハルトへ→こうして生きのびていることを生きている人間に見られたくないよ。
人里離れて暮らします。

No.60　神宮橋

今日は君ぐらいの男の子（俳優）に、'胸打つものあり' と言われ、陥没の危ういところを救われた。身心《ミココロ》しなやかな青年にマーは度々救われているよ。この種の出会いで。
▼手首痛くてバチ持てず、林の中で作曲2つ。森はいい。お前が木の合い間に見え隠れするかと思えば、木の枝に腰かけて足ブラしながら明るい顔してマーを見てるもの。
――ああ疲れたハルト。にっちもさっちも。
どうして居ない？どうしたの。
みんな消えよう。お前だけ消してあんまりだ。

みんなして消えるのがふさわしい。ずるい家族だ。
――死んだの？死んだってなんだ。何なの？
宇宙の不可解さながらでこの頭には解らない。
お前抜かして家族だなんて狂気の沙汰だ。
残り全員一網打尽に死んだのだよ。
生きたい者は生き返って生き直せばよい。
頑張る方がはるかにおかしい。ただ狡いだけ、ハルトの分まで……？フン狡いこと言うな。
――お前が居ないのに分厚なトンカツ食べた。麻原並にあさましき。食べたあとふとんに潜って泣く。死んだ家。家は死亡しました。
家は根こそぎ倒壊であとかたもなく瓦解した。あり得ない再生。殺人のあった家。子殺しの。どこへ行こうかハルト。何百日経っても行く処は見つからず。どこにもないのだよ、すでに。
お前は日増しに小さくなってゆく。なんてったって骨だもの。カシャカシャッと次第に壊れて縮んじゃう。マーはその音聞くたびに抱く度にぎょっとおののく。あまりの無残に。眠ろうとすると心臓がぶるんとケイレンを起こしてぐっすりになれず、小刻みな居眠りがマーの睡眠。
'死ぬ'、これは異常に特異なことばだ。この言葉だけがねじ伏せられない唯一異形のことばだ。（経験した者にしか通用しない感受かもしれぬが）あのやわらかい美しい肉体がガキンガキンの異様な固さへとおそるべき移行。
それ思う度にマーはぎゃ～っと頭を振り続ける。まるでブラックホールとやらに吸いこまれるような総毛だった体に瞬間おちるのだ。
皺ひとつないしなやかな体が、ふざけた話だ。あー。
▼手首ひどく痛む。力んでいるのだきっと。
やさしい曲線にならなければ。三角四角は好きじゃないもの。
マーいろいろ力んでいるらしいからハルトが弾いてね。
▼手首痛くてバチ持てず、森で踊る。からだが不調だと自ずと呼吸に従うようになっていてとても自然態。
ふたりして'踊り巡れる影法師'みたいだった。また夕方だねハルト。
マーは生きていて何の欲が残っているんだろうか。

No.61　神宮橋

命とび出して打算ゼロ。このような行動を。気持ちだけであっぷあっぷやればよい。

No.62　馬橋

音を外に出さないように出さないように弾くこと。それでもかすかに漏れてしまって……。それがよい。

No.63　柏

'空気'の誘いに呼ばれてもけっしてふり向かないこと。乗じないこと。ただやっていると手合せて拝んでいるおばあさんが立っていたりするからほんとにふしぎ。じょんがら今までで一番。マーはハルトであるぞ。ハルトが弾いたのだ。
――以前はね、マーは'無意味'ということを弄んでいたきらいあり。今、そのバチが当って本気の無意味に張りつかれています。そうして穴あき目玉になってしまった。悉く悉く無意味の身心。風に揺れる樹々の葉が、その伴奏をしてさらにそのことが明白となり、この虚しさが絵空事でないことを露わにしてくれます。葉っぱが昼間、微かに揺れるの見るのこの頃この世で一番恐ろしい。夜の闇なんか怖くない。以前とすっかり逆さまとなった。

No.64　柏そごう広場で

デパート休みで誰も居ず、ぴゅ～んと寒風。思いっきりの冷たい風に吹きさらされて思う存分、とってもよかったねハルト。

人が見ててもいつもこのようにあれ。

——マーは毎日、お掃除を入念にやっています。未だかってないていねいさ。ぎゅっぎゅっぎゅっとやっていると、まるでお前の指紋消しして証拠隠滅しているように感じて、またしても目玉凝結します。証拠隠滅まさしくそうかもしれないし。ともかくこの家を捨てます。そして本格的に君と二人旅のマーの最後を生きるつもりです。

——もう、死ぬも生きるもごっちゃごちゃに混ぜこねるよ。区別・差別なしに。そうしなければ生きられない。死んだ人は生きてる。生きてる人が死んでる。これも実際にありだしね。

活き活きとした死を生きる以外にもう手はない。

——この頃、冷た～い風に目玉あてるのがとても好きだ。寒風の中を歩く時はできるだけまばたきせずに、目をかっと開いて風に目玉を洗ってもらうの。

するとなんとかしゃんとするよハルト。

——風強し。風が強いほどからだが限りないような自由を得る。風ほど助けになるものはない。最良の上質の友。マーは風の性《しょう》かもね。

――また山の中。ふたりでくもの糸の踊りよかったね。背中のお前、マーに張りついてすごくかわいい。みんなに馬鹿にされてもマーが死ぬまでこうしていよう。大きなお世話だ。ケヘロ。
妄執？　妄執が欠けていたのですワタクシは。

No.65　神宮橋

明るい顔して何ゆえに？
押し黙って子殺しの顔をしていよ！
この広場、みんながワイワイ楽しむ場所だからつい足をとられ……ニワトリ馬鹿のわたくし。
壊れた手、熱ばんだ体を引きずって、やっとやってきたのだから、予定？通り、貝のようにおこもりを。お祈りを。
――手首痛くて山の中。無限展開ダンス。
何も眼中にないからよいのだ。
故に、人に恐怖を抱かせるほど自分自身であれ。だね、ハルト。これなら詰まりが一切ない。どんどんどんどん分蘖《ケツ》繁殖するだけ。
体もだるかったのに手も痛いのにうつ病だのに、だのに良かったもの。
ひたすら自分本位の進路なら痛みがふき飛んでいる。
――はじめは滅多に、お風呂に入らなくなってしまったから、今日で何回目と数えていたよ。今は何百回でもう数えきれない、どうする？　お前のお尻だけは毎回欠かさず念入りに洗ってきました。足もね。お尻と足と口だけきれいにすればなんとか大丈夫だからね。上から洗ってきてお尻のところへくると必ずお前とマーの二人分洗うの。その時必ず、お前にすり替っている。お尻は一番汚いからね。きれいに。きれいに。洗っても洗ってもすぐ汚れるお尻でいやだね。お尻洗いのために生きてるみたいな全くくだらない人間の人生。人生だなんてこれまた立派すぎる言葉。
▼ハルトへ→君をずっと想っていてくれたらしいUちゃんに最後のプレゼントをしました。
灰色と桃色とブラックの君好みの配色のモノ。

No.66　神宮橋

UNKOが出て体きれいになったからガンバルねハルト。
▼手首治癒。何の拍子かポキッと大きな音がして治ったもよう。
「三味線なんか弾いてるつもりになっていさえすればいい」いつも通るKさん曰く。これ今までで最大の助言。これならワタクシにだっていくらでもできる。むしろ得意かもしれない。つもり……ね。これは最終の答かも。これは重要。
(つもりとは非集中ですかKさん)

No.67　松戸

拭っても拭っても気持ちが乞食。芯から乞食。乞食よりはるかに乞食。乞食じゃない人間も居るのだろうか。
――ハルト迎えに上九一色に行かなければ。妹が買ってくれたハワイみやげのシャツ持って。

No.68　荒川沖

ハルトの馬鹿、マーのバカ！
しかしもっともっとバカにならなければ。
もっともっともっと。なにしろたったの“つもり”だけで三味もおどりもやってしまうのだから。

No.69　取手
つもりつもりだから、まともな目つきなんかやめてあらぬ宙空へ。あさっての方。空向いて、ふがふが口あけて。するとへんなメロディーになってくる。インチキ音ばなしみたいな。人はなんて思うか知らないけれどワタクシの体はこれをすごく歓んでいる。

No.70　水戸
お前の心臓が止った一秒後も二万年前も全く同質の時間と中身に、凝然とする。
そうだハルトは死んだのだった。今まで気づかなかった。お前の倍も生きてしまったマー。
なんておそろしいこと、倍以上も！
——大広場で二人で存分に散らける。身入りも一万　遠出は旅のようでいい。ズンズンズンと行くと、お前が濃くなって涙がこぼれてうれしい。今日は道中ずっと抱き合っていたね。こうして恋人になっていましょう。
けっして壊れることのない完全無欠の究極の、……です。

No.71　神宮橋
馬鹿みたいにゆっくりが人間のペースだ。
——マーのご飯はこの頃、お前をおぶって立ち喰い。ふらふら歩きながらだとどうやらご飯の味がして食べられるのです。テーブルになど向ったのではガリガリと無味で　胃にエサを矢つぎ早に投げ入れる体になって胃は痛み、気が荒んでくるから、あっちの窓へ行き、こっちの窓へ行き立ち喰う。

No.72　松戸
私は紛れもなきロボットとなった。

穴の中で毎日同じことをくりかえす。全く同じことを。これは何百年生きても同じだ。
ハルトが死んだ？　私はどこへ逃げればよいのか。お前はどこまで遠いのか。
それともすぐそばなの？　顔洗ってみる以外ない。
ハルトどうやら春らしい。
汚ならしく花が乱れ咲いてるよ。惰性だ。何もかも惰性だ。新しくなんてただの体裁。ただの惰性に阻まれて失速・窒息寸前で生きたまま死んでる私。これでもかこれでもかとごりごり押しつぶされて、頭の中がべふべふくっついて目はぎんぎん痛むし生きているのはなるほどひどい地獄だ。
——風邪熱で夜昼寝続ける。このまま崩れて腐っていけそうだ。屑のようなからだ感覚。
——森の中で、お前に教わったアヴェマリア、グノーとシューベルトうたったよ。
ふしぎに細く透き通って。
歌っていたら、突然、やっぱりお前生れてよかったという考えがとびこんできた。こんな哀れなことになるなら始めから～とずっと思ってきたのに、まるで絵のように鮮やかに、‘生まれてよかった’という考えに、からだがおおわれたの。回数も時間も少なかったけれど、お前とマーの間には誰ひとり立ち入れない信頼の濃い交感が、すてきな話の交替があったと思うもの。上九一色村に長い間閉じこめられてやっと逢えた一年半ぶりの再会。あと一週間しか命が持たないと思われるほどの、見る影もないお前のあわれ極まる姿だったけれど、マーと目が合った瞬間、お前は幼な子のような純なまなざし、信頼のまなざしをマーに向けたことけっして忘れない。あの、目と目の出会いは凄かった。電気交流。(だからこれで助かるとあの時確信をもった)(この確信が、のちにアダとなったのだが)誰も知らない真っすぐで太いパイプが、二人の間に渡っていることを互いに直感し合って。だから助かると思ったのよ。(逆にだから死んじゃったのかもしれない)お前はあの時、唯一マーには気を許していたと思う。のちの電話で、「体重戻ったから」と言って長い間、お前は泣いていた。なにかふしぎなお前の泣き。
マーはあの時、電話を切ってからほんとうに驚いた。座りこんだままずっとしばらく……。それが別れのあいさつだったのだ。
お前が居なくなる三日前に、二晩も連続して、部屋の壁が夜通ししゃべり続けておかしいと不審に思いながら　朝まで少し眠りかけては起こされて眠りかけては起こされの二晩。(今となっては)命危険の危急信号を送りつづけてきていたのに、マーはもしやと頭をかすめはしたものの、まさか今頃のオウムに危険があるわけはなしとあなどって、すぐ打ち消しかき消したままにした二日後の出来事。(今となっては)あのとき、マーよりもお前の方が数千倍の強度でマーを呼んでいたことがわかり、ガク然を通りこし、そこに至るとおそろしくかぶり振るのみで、どうにもこうにも。今はマーはお前になって「マーッ!」と馬鹿のように一日に数回叫ぶばかり。マーハルトマーハルトと一人で二役。
全くもって馬鹿のようだね。
どこか森の中にすてきな墓穴ふたりで掘って暮らすまで、こうしていよう仕方がないもの。

No.73　北小金

時々叫んでしまう汚ない吐き言葉の使用をやめよう。唇噛んで沈黙に。

No.74　取手

不整脈でもよいのではないか。体も音楽も。既製品でないものを心のままにやっていると私のリズムはこの頃不整脈になる。

素直に痛苦のままとことん行こう。そのまま終ってそれでよし。私にはその方が安楽である。ケリをつけて安らぎをなどと言ってくれる人があるが、そういうものではないように思う。ケリをつけないことの方が私落ち着く。ハルト！マーの体にすっぽり入って一緒にトコトントコトントコトンやろう。苦しみの三昧《ざんまい》で。人間離れした愛をお前に抱いています。永遠の。

No.75　柏

一旦乗ったら酔いが覚めるまで下車しないこと。

——おしっこばかりして。こんなにオシッコがいっぱい出て、お前と二人分だね、きっと。

No.76　我孫子

三味線上で幽霊ダンスをひらりひらり弾く。音おどりを私の三味線音楽としよう。

No.77　神宮橋

気は落ち、風は吹き、その時おどり良し。盲・酔・風の三態のお膳立てで内部のみになって没する。

No.78　柏

雑然、ズサンの性質が手伝って、空間を渡り過ぎる一大欠点あり。心・体共に不整脈のくせに、すべすべに広範囲を流し動いて未だに人を誑《たぶら》かしている。あと味ひどい。
──目が覚めたらあれはうそだったと。
頭がぼんやりしている間はいつもそう思う。
だってついこの間、ほらそこの長椅子で足ぶらぶらさせてどうしようかなって選択の話言ってたのだもの。あれがどうして。

No.79　谷中墓地

だらだらだらだらどこまでゆくの。
目が覚めると時計の音に否応なしにおおわれる。カチカチ……これのペースにはまって今日も暮らしてしまうのだ。拒絶すべきは青色の均一氏。時計にはまって動かされる生体なんて。
時計を捨てよう。もはや自分に合わないこの均一が本気で癪にさわる。冷ややかに正しく？説教するばかりで一体あんたの血は何色？
赤いなら赤いで、も少しヒトらしい切迫した熱情を見せそうなものだよ。正しい人、裁定ばかり下す人には永久の反抗を！

No.80　馬橋

今日はインチキだらけの掛け値なし。次々と溢れ、あらわれい出たるだ。
このへんてこな改造三味持って棒切れみたいなバチ持って自由な逸脱ができなければ、もう‘豆腐のカド’もの。（意気地なしのことを、私の村の人は「豆腐のカドに頭ぶつけて死

んじまえ！」とよく言ってた）
かたき討ちと等価になるほどすごい自在処に出なければ。

No.81　柏

退廃のあきらめのしんみりぼんやり。恨みも情念もさようなら。陽と風の中にぽらんと身をおく。

No.82　北千住

じっくりじっくり芽を出すこと。すると、「からだおはなし」の展開が鮮明にやってくる。
‘よい人’は緩慢な見かけだ。じっくり構えて多分、感覚を逃さないのだ。

No.83　水戸

窓外の新緑の景色も今や古い過去のもの。遠い遠景。何もかもみな過去に在っただけ。

No.84　荒川沖

もっとはずれてしまって赤ん坊に三味線持たせたようにやりたいな。もう普通に弾きたくないとつくづく思う。山の中でコレやってるとどんぐりや熊笹やカラスと通じ合って我ながらすてきだもの。人前でもこうやりたい。（小《こ》度胸で一ぺんもこうやったことない）
人前で、強度の萎縮を起こす子供の頃の性癖が死ぬまで持ち越しか。
これ破れたらいいのに。勿体ない。

No.85　松戸

狂人＋乞食＝王さま。
いのち込めて何かやる人、少し前かがみで猫背っぽい。ピンと背筋張った人、怪しい。

No.86　柏

No.87　馬橋

原因ありやなしやふと狂い入り、これでよし。

世にも稀なる自由人M.Kさんの道具じたてのテレンコぶりをまねよ。

くれぐれも行き過ぎないよう気をつけて。行き過ぎると、無人島の非人間と。

No.88　我孫子

場所も自分もズレを起こし合っていて奇妙な位置感覚に時々気づく。

私は死んだのかもしれない。

夜の眠り方もまるで死体のようだもの。

No.89　南柏

迎合の安っぽい身売りをけっしてしないこと。清々と孤立せよ。

うっかり調子にのる悪癖あり。

No.90　巣鴨

興奮過剰はつねに害。

浅い情緒が丸見えで、自他共に食傷を起こす。

No.91　取手

今、一体どこを生きているのか。

動けないほど人間がいっぱいいてもそこは野っ原。野っ原の無人島の荒寥の独りの自由と孤立だ。

No.92　荒川沖

地盤なしの浮き草が揺れてるようなおどり延々踊る。誰も見ていなくても少しも嫌でなく。ある人三千円。びっくり。

夜、ハルト溢れて　涙とめどなし。リマのゲリラが殺されたせいだ。小さなあどけないのが混じっていたのに殺してしまってバンザイ叫んで喜んでいる。
世界中のバカヤロー。
お前らこそテロリスト。フジモリ然り。

No.93　柏

女子高生三人組、いつもふみちゃ～んとやってくる。私おどる。あと地べたに車座になって会談を。ふみちゃんがどこに居ても私達応援するよ。ズベ公って接近すると、ほれこのように。若いってやわらかいものである。唯一、柏に私のファン居り。

No.94　水戸

からだ元気になると、いつのまにかスピード上ってスポーツマンへ。
今日はホントの破滅片で最低。原因は？　舞台は広い広場だと勘ちがいしてるからだ。迷いこんだ暗ぐらとした穴の中ですよオマエの舞台は。今日を捨てて出直そう。

No.95　原宿

迷ったら迷ったままに迷っている。まちがってもそのまま間違い続ける。ずっといつまでもそのままになって。それが最良。それが「一番よい踊り」「よい三味線」となっている。
虫のレベルになってきた。価値感覚・美感覚なし。ただ、ねんねんころりの子守りうたうたって体揺れる感覚だけが肉体に、生きた心地として残っている。（まるで赤子をおぶってるように微かに体揺らしている呆けた老婆を今まで何度も見かけてきたが、あの肉体の意味、よくわかるような気がする）

No.96　取手

どうやら生きているらしいのは、道芸の、この二、三時間だけ。これ終ると一気にゼロの活気に墜落する。あとは時間も姿を消す。

――私、孤《こ》になって　空宙をひゅ～んひゅ～ん飛んでいる。何？この感覚は。殆んど人間とは思えない。

夜→地下道で踊る。

泉のように湧き出づる。ヤル気が全くないからだ。

ヤル気の集中力はずれると、からだ十全の選択力が与えられるのだろう。

No.97　松戸

異様な大気だ。なんとも言えぬ妖気な死物のような。動くもの・生きたものを待ちうけて、飲みこむ孕む・動かぬ不気味な領域。

私にはもはや空気はおいしいものではない。

異様の包囲。

子殺し。行きつく先は死のみ。

途中寄るべき価値意味あるものひとつとてなく。

No.98　柏

疲れ疲れて疲れて。疲れるのはやはり悪。

疲れない生存方法とは？

君と私はそっくりだね。横着？だし、雲をつかむような夢のような希望に焦がれているだけだし。

非現実物。友達居ずにひとりぼっち。

ヒトにあこがれながら近づか（け）ない。

No.99　馬橋

あとは‘道化る’だけだ。怪異な大気に同化して道化ること。
命の尊厳？私個人においてはすでにありません。事実上のおわり
終ってしまったワタクシだから“表現”はもうない。ただ在るだけ。物体。

No.100　神宮橋

‘心ここにあらず’が技の最高状態。
やることに全然集中しないの。何してるのだか私は知らない、覚えなし。
あさっての視野に寄っかかってふらふらふらふら歩いている。（これは乳幼児か植物の行為だ）
――愛の不足によってお前の魂は去ったのだ。
引力が切れたのだ。実験死だ。試作死だ。
急いであとを追わなければならない。

No.101　柏

私の心臓は、不整の遅脈。精神は、真性分裂病。ゆえに、このように三味を弾き、このように踊ること。そしてさらに一歩後退すること。

No.102　松戸

‘哀しみの歓び’の穴の中でやる。
するとふしぎに三味の音・大きな共鳴音へと。土の壁に反響する音だ。

No.103　北小金

心境や薄力心臓で、スピードが自然落ちる。‘おもむろにぽつぽつと’が体質に合うようだ。
あてもなく旅を行く体の。

ぼやけた三味を弾こう。
案山子《かかし》のいる昔の冬田の風景に帰ろう二人で。

No.104　南柏

形の命が終るまで、永遠の思いの中で、私はハルトを呼び続けるだろう。
体調崩し、久し振りに弾き踊る。'助走'がなくて良い即興。ただちに魂《タマ》入りと。
よい時はいつも準備段階が抜けている。
よーい！　アレは昔から恐怖だったから。アレは子供の心を極限まで怯えさせる。

No.105　神宮橋

もっともっと際限のない自由へ移行しなければそれでは寸詰まりでしょう。何しに生きてる？

No.106　山谷

心に、強力に棲みついている者あって、その命を命たらしめたい強い祈りと、事が平行する。

No.107　取手

お前を呼ぶしかこの世に用事がなくなった。お前なしで生きてること、まるで悪ふざけのようだ。

No.108　神宮橋

ガランドー・何もかもガランドー。引っ越しで家の中もガランドー。泣けてしかたなし。
こんなならマーも死ぬのは簡単だな。
お前が居ない家族の残り全員がひとり残らずマヌケな滑稽なシロモノになってしまって大きくかけたお茶わんだ。
カッタンカッタン虚ろのロボット。

No.109　柏

おろした撥《バチ》があがらないほど疲れ切っている時ふしぎやとてもよい。間《マ》だらけになって別種の表現が出現する。

No.110　馬橋

壊滅状態で、まとまりなんかとっくにふっ飛んじゃってる。バラバラバラバラ散らかるだけ。

No.111　柏

衣類ひとつひとつ出してにおいかぐ。あの頃の香り。元気いっぱいの子供の香り。

あれが居ないって？

No.112　取手

今日からガンバるよ、顔つき変えて。

あれからのマーの顔すっかり歪んじゃったんだ。

左顔面がひきつり上ってなんとしても降りてこない。多分、脳のしわざで、浅い意志なんかではどうにもならない肉体の意図。

──学習の唯一の方法は‘手さぐり’。これだけが自分のものとなる。

No.113　本土寺参道

石のようにびくともしない立派な？人には、抑え難い腹立ち湧く。

No.114　神宮橋

ハルトへ。今日はね、知らないうちに、色とりどりの黒白黄色の三人種のチビ客たちがマーの前に一列に座りこんでずっとマーを見上げていたの。目あくとみんな一斉ににこっとしてほんとの天使のよう。すぐ目の下に目のさめるような天国の景色。あっ！　と。

No.115　柏

きれいな目をしたおばあさんがマーの足元に座りこんで涙ぐんで手を合わせていました。

あんまり熱心にやるからと言って。今日からね、お前の写真おいてやってるものだから、マーは没我でやっている。

すらりとジーパンはいた君になって弾いてる。

No.116　神宮橋

今やっていること。今に妄執を。

――橋を通ったKさん、こういう時代だから真理を求めていたんですねとお前について言う。感謝しますマーは。お前を馬鹿にしない人がひとり居たからね。ひとりだけ居ればいい。ひとり居るということはすごいことなのです。血のつながりもへったくれも関係なし。

No.117　本土寺

私は虫々のように屈んだりよろけたりさまよい歩きながら三味線弾くよ。端正に構えてなんてよその人のもの。あたり外れ、かすれ、不揃いのリズム、音なし、もうなんでも構わない。最後にあらゆる呪縛から解き放たれて勝手にしたい。バチ持つ右手に自由解放の権威を与えよ。

▼夕方、久し振りに森へ。

ぐみの若木が微風にそよぐ姿見ていて、まざまざとお前が居ない。マーも死にたいと初実感す。今まで夢みたいでよくわかっていなかったのだ。まだ帰ってこないという感じが私の中に確かにあって……。夜更けや夜明けにお前からの電話のベルを時々聞くもの。

——元気をとり戻すのではなくて　逆にからだの中にこんこんと悲しみが湧いてくるような音のする三味線をやらなければ私はだめだ。
こういう音に、三味を急ぎ改造しなければ。急務。

No.118　本土寺

ハルトは血だらけになって死んだのだ。
誰だか判別もつかないほどになって。
きれいな景色ばかりしか見たくなくて気が狂ったのだろうか。
耽美は清絶。よくよく解るようでたまらない。

No.119　本土寺

お前とマーの体、たえずオーバーラップして演る。
お前もがんばるんだよ。これが君の職業だからね。'旅芸人'。
マーと働らくんだよハッチ。
横着者！一生けんめい働らいて汚いもの忘れよう。汗になって噴いてしまおう。

No.120　柏

夕暮れは踊りやすい。誰だって夜は踊れるだろう。
夕方に、肉体は生きはじめるのだ。
いっぱい働らいたね二人で。

No.121　神宮橋

昨日の惰性で座ってバカヤロだった。
刻々容赦なく終るのに惰性なんて。
今日の一刻、確実にしとめなければ。
時間つぶしたぼんやり馬鹿！

No.122　本土寺

大樹の根本で　踊りよかったねハッチ。
雨上りの湿気た土で、足泥だらけ。

No.123　本土寺

ナムミョーホーレンの録音テープ大きくかけて、お寺の宣伝カーが参道を行ったりきたりのナンセンス。
くもの巣張った古池の、古寺の風情の本土寺を私は知っている。今や新品。

No.124　本土寺

ハルト朝だよ、いつまで寝ているの。お前とマーは罪を犯してこの世で置き去りだ。離人となって、従って最も自由な立場。
もうリズムも間もなにもあったものじゃない。
大々的に好きなようにすればよいのだ。

No.125　神宮橋

今日を限りとやること。蟬のように。黙って潜って。
からだ澄んで座ったねハルト。
帰りははや虚ろ。
今日も終ってしまった。一生が終ったように。

No.126　柏

夜、踊る。空に吊《つ》られて自由自在。
家に帰ろう　お前の家に。

No.127　本土寺

ワタクシは何やってるの。なんでここに。
皆目わかりません。ただ居るのです、非生命みたいに。それとも蛆がうごめいている。
——今日は貧血で倒れた女の子助けたよ。背中を本気で撫でていたら、よくなって涙・流して笑ったの。これは愛と呼べるもの？
けれどもこれは私ではなく　確かにハルトだと思う。凄い。マザーテレサのようだったもの。
——そうだ、あれは雪崩だったのだ。
意志介入を許されない有無を言わさずの。
なんという天の配慮。
すさまじい6000度熱の轟音に連れ去られた。

No.128　取手

お前が死んだ？いいえわかりません。
鈍くてわからない、よそ事なのです。
それでずるずる一日延ばしに生きているのです。
妖怪女にならなくちゃ。何もかも飲みこんで。

No.129　荒川沖

何のために何のためにと、体の隅々まで虚しさゆき渡る。ハルトどこへ行く？　行く処なし。とんでもなく遠くがいいのか。とんでもなく遠くへ行ったって、やっぱりそこも穴ぼこだろう。

No.130　表参道

あの壁の中のおしゃべりは、やっぱりお前だったのだ。これは一体何ですか神秘サマ。

No.131　柏

今日もキョトンと終りました。

No.132　柏ホコ天

眠けを催すほどの茫洋とした内部環境でやるのがよい。それが味わいの位置だ。のろくて薄力で変なクセのある私の心臓のままに。

No.133　松戸

学習修得したものや、人の助言をすっかり忘れると、そこはほんと自由解放区。
生き生きとか、嬉々と命づくのはここしかない。

No.134　柏

デタラメ弾きを一心不乱にやっていたら
おばあさん近づいて「あたり構わずじゃんじゃん自己流を広げるとよいと思うよ」と。凄い感覚のおばあさんだったね。

No.135　神宮橋

'尊厳' 感覚が私の中で急速に下落。しかしこれを一般化して人に向けてはけっして言うまい。

No.136　松戸

どの哲学？の指図も受けずに　愛しい死と狂気を練り合わせて、二人であたため合おう。不毛地帯の陣取りだ。

No.137　北千住

また朝か。おぞましき朝。

No.138　馬橋

誰も居ないと修業に早替り。
三味のバチいつのまにか逆さまになっていたらよいことよいこと。世にも奇妙な物語りを紡いでいたよ。
▼また赤ん坊生れる夢。
▼某氏自殺。かなりショック。これで私もやりやすくなった(知情意三拍子のあんな人だって死ぬのだもの)。人が自殺→どうせ尊厳問題……尊厳感消えたとき人は死ぬのだ。
虫ケラになりたくなるんだ。

No.139　神宮橋

？も私もとっくに死にました。あなたは誰？

No.140　柏

風がすごく性《しょう》に合ってるようだ。

風の中では、この私も即興詩人になれる。

No.141　神宮橋

カチャガチャガチャガチャと音だらけなのに恐ろしい静けさだねハルト。

ぴたりと止ってけっして動かない、張りついて離れない執拗・不気味な寂寥。

No.142　我孫子

見通し立てずにその場にバッタリ出会うこと。

人だって同じだ。ばったりのあの新鮮度。

No.143　柏

何も考えずに働きに行こうハルト。

No.144　馬橋

ハルトは‘意味’になったのだ。意味で私をいつも被っている・迫っている。

▼今日はあの子に会ったし　あの青年に会ったしこれがすてきな身入り。こんな時マーの体は帰りは晴ればれ。目の中が気持ちいい。

No.145　逆井

自転車ツアー。ほんとの道端で、旅芸人に一歩踏み入ったね。そしてまた少年に出会う。しばらく見てたあと、コーラとパンをわざわざ買ってきてくれたの。通じ合うすてきな笑顔で。今日はこれだけで万点の一日。こういう時あの子もマーもとってもいいのね。互いに最高のものを送り合っている。
目的らしきもの（結果目的だけど）があるとしたら、これしかない。

No.146　逆井

誰にも見向かれない置き去り、これが一番・自分発揮できる状況である。この時からだの奥の底の方からふしぎなエネルギーがゆっくりと湧出してくる。

No.147　松戸

舟こいでいるように三味弾く。
一日にしゃべるのは独り言の自問自答のみ。
あとは無言の行。少し口が回りにくくなってきている。あいうえお。

No.148　取手

‘座り方’がなんとなく変化してきたような気する。‘人と対する’ではなく、あきらめの身に和んで、あるいは人に少しだけ和んでいるような。
ひと昔前の時代の子供のようなあの子に会ったせいかもしれぬ。

No.149　神宮橋

生きてるというのが　これほど嫌悪の中身を含んでいるとは夢にも思わなかった。生きるとは残忍。

No.150　逆井

考えてもみればニンゲンとかイノチとかずいぶん高等な表現だ。

No.151　柏

間髪を入れず瞬間的に、その場その場のワタクシにとり憑く時のみ・嘘のない展開が確かに起こる。(よ～く考えたりしゃべったり書いたりも案外×の面も？)

No.152　逆井

自由の頂点は‘ふるえ’みたいだ。

No.153　成田

少し遠乗りすると、延々と続く空々《そらぞら》し心の日々が余計浮き彫りになる。

だから時々遠出をするがよい。

No.154　成田

いきなり踊る。百を越す団体客にどっと囲まれて、工面工作まったく無しのよい出来ばえ。

待ったなしの危急の時だけ、人は最善を尽くすのか。

No.155　高柳

心が突如真っ二つに割れて　どまん中に空《あ》きができる。ある異様な感覚フレーズが、そこ通ってぎゅ～んと奥の方へ一挙に引き抜かれて夢中になる。私の現在が突然逆流を起こしたみたいだ。なんだかほんとに狂う寸前だった。

No.156　北小金

子どもを見ると　この頃どき～んとする。

No.157　神宮橋

もちろんです。馬鹿な錯覚があるだけです。

そのまま死ぬのです。なにか成るなんてことあり得ません。

それでも生きている。

No.158　柏

鏡はダメだ。鏡をあてにしないこと。

鏡なんかみてると発達が遅れる。

No.159　逆井
今日は腐蝕のきてれつな語りダンス。
No.160　我孫子
人とけんかしたり強風だったり氷つくような寒さだったり、人に馬鹿にされたりすると、次第にやがては　泉が湧くような肉体へと入っていく。
そんな時、大抵、てらてら輝やき出すことに。なぜ。
No.161　取手
重ね重ねも‘ヒト’だなんて　変なものが生じたものです。無限の宇宙といっても、ヒトが居るの、地球だけのような気がします。
No.162　成田
無から誕生した宇宙だって？　チンプンカン。
それじゃ無も存在かい？　それじゃ永遠の存在だ。生も死も同列の。
この、頭の馬鹿さ加減といったら、五十年間殆んど何も考えてきていないクズ糸のからまりの固まり。よくも無神経に打ち切りもせず生きつづけてきたものです。
No.163　柏
お前どうして骨。自分のためにガンバリを続けるおそろしくしぶといマー。君から見たらおそらく、マーをあるいは人間全体を恐怖してるんだ　きっと。
No.164　神宮橋
今日の踊り→ただの連なり延々。
このあと味は淡泊である。悪くない。
夜。雨の音。居ない。雨だって草だって生きているのに。どうにもならない処に立って日めくりしているマーです、ハルト。どこまでゆけるかわからない。
美しい景色ぞっとする。美しければ美しいほどその対比がありありとしすぎて小さな身ぶるいが起きる。どこ見廻したって片りんもないもの。
この穴背負って未だ生きのびている私。

No.165　馬橋

しかたがないから、朝は押し出されるロボットで出かけ、帰りはほんの少し人らしくなって帰ってこようね。知らないうちに千円札が。気づかずに悪かったです。

No.166　柏

残骸・残骸といって（以前）遊戯しているうちに、正真正銘の残骸となってしまいました私は。あなたは何を考えているのですか。
その脳の中に潜りこんでみたい。この頃、人が何を思っているのか、推理するの皆目だめになってしまったのです。人の心は一切わかりません。ぎょっ。お前・ハルト忘れて何やってるの？
ずっと置き去りで　夢中に三味線ひいて。
なんなのだオマエは。死ね！

No.167　柏

「ハルト、ご飯食べた？」
「学食に行って　これから食べるよ」
「そう、気をつけてね」

No.168　沼南町商店街

一年余なのにあれからもう十年も経ったように思う。なぜかって、時間をぎゅうぎゅう埋めるために、何百・何千という行為をあらん限りやったものだから。
これ以上つめこめないほどにつめこんだ毎日。
針仕事やら次から次へと埋めました。従って十年。ほんとうはじーっとして眼前の真っ黒穴をじっと何年も見つめつづけているべきなのだろう。
行動しつづけてごまかしたのだ。
最も卑劣なやり方。後者をとったら多分私は死んでいたのだろうか。後者の方が人として上であるだろう。お前は知っている。今のマーの寂しさも狡るさもすべてを。

No.169　神宮前

中学生百人のお客さんに囲まれてヤッた。
——マーは今となって気がついているけど、お前が威張り散らすことが一度でもあったなら、少しは気が楽になる時が来るかもしれないけれど、それ皆無に近いものだから、気を休めること死ぬまでできないでしょう。
そのこといつも体に張りついているようにあって、きついきつい。マーをもっと手こずらせるべきだったのだ。

No.170　馬橋

マーとハッチと馬鹿ふたり。おどり良し。何しろゼツボーだもの恐いものなしさ、ふたりして。生きたくなくなっている時が行為は最高なんだよハルト。欲が消えてるから。（こういう話、よくお前としたっけね。でも死んではおしまい。一歩手前で止めないと。うしろは断崖で。）その時だけはみんな芸術家。元気ハツラツな時は、それこそ馬鹿な乗りで、あとで吐き気もの。

No.171　原宿

食べたくないから配合飼糧の必要量を口の穴からつめこんで出かける罰あたり者。
「何でこんなことをやっているの？」
「体ぶんなげて、最後の作戦みたいに」
(すごい見抜きだ)
「捨てばちか、五体投地の身浄めか怪しいところです」
しかし、捨てばちは早々に切り上げて、ふたりが昇華をみるところまで願わくば行きたいものです。

No.172　北小金

森の中でうそ八百の練習を積む。可能性の研究ね。これ抜かさないこと毎日。
ハッチただいまは？　ただいまって。
ああガラクタになって生き～。

No.173　北小金

ハッチ死んだの？みんな平気で生きてるのに。
ハッチ歯みがいてあげるよ。鎖骨折った時のように。ほら、歯・出して。

No.174　原宿

風にも雨にも大気にもお前は混じっている。けれどどこにも。
認知理解不能のまま私は、死に突っこむようだ。
蟬は虫ケラだろうか。
人間は尊厳だろうか。
覗き見の神経だけが突出しているのが人間だろうか。

No.175　原宿

ああ今日も心貧しき。

この世には何もありません。何ひとつ。
いくら生きても　ただ風が吹いているだけ。
日が照るだけ。なのに食べものつめこんで、とりあえず今日をとつぶやきながら日重ねする。
待ってねハルト。これをそう長く続けるつもりはないから。
No.176　馬橋
狂態を自分に造形するのみ。
昔・子供の頃、貧しすぎて　絵の具買ってもらえずに絵がかけなくて　あはれな思いをしたっけ。
だから、今頃になって　三味も踊りも　自由放題に　絵かけばいいんだよ。手の・体の・奔放なるご随意にまかせて、ね・黒田オサムさん。
No.177　表参道
みんなどこ行ったの？　歩けないほど居るのに、誰も居ない。
生きてるということは　カナシミ積もるだけ。
No.178　取手
今日の潜りは深かったねハルト。
‘虚しさ’に、つけ入るスキを与えなかったぞ。
No.179　柏
この頃、ふたりで立てこもること覚えたね。
No.180　表参道
この固形化している倦怠をガサガサッと揺すってみても、振りほどけるはずもなし。
又も指の大ケガ。ズサンのあらわれに他ならないが、それにしてもいつもお前の誕生日の前ばかり。
「よく眠るね、マー」「ほんとうに。お前が居ないのに眠りつづけて。恐ろしいマーだ。」
「死ぬべきだ確かに。ほんの少し、お印の痕跡残してそうするから待って」

No.181　柏

踊りの手口→気ぬけの間ヌケのちゃらんぽらんのひょっとこの・無頓着の阿呆鳥になって立ちんぼするデクノボー。これで作為策略の悪意が抜けたゼロ状態。
作為が抜ければ、あとは形が呼んでいるから呼ばれた方へ素直について行って指示通りのフォルムをとればよいよ。（無名でも、たぐい稀な路上アーティスト・エカキ・Kさんからの直伝）
――マー、以前とちっとも変らない。「只今」って入ってくるお前待ってる。玄関ガタッていうとハルトかなって。死ぬわけないもの。命なんか永久だよ。マーが居るんだものお前だって居るよ。境い目なし、全くなし。

No.182　表参道

顕微鏡のぞくと細胞はダンスをしている。ゆえに、生き物はすべて踊らにゃだめだめ。生きるは踊る。立派そうにぴたっと止まっていないで。ふんにゃらくにゃらと男も女も若きも老いも。でくのぼーのヤワラカサへゆこう。皆んなして。
（踊ると言っても‘様態’のことであり、なにも‘おどり’とは限らず）
ハルトへ→マー、今頃、君の「カムイ伝」読んだよ。中学の頃、ダンズリ・シブタレ・非人って、君気に入って　マーによく言ってたね。
すご～く良かった。ノーベル文学賞もの。

‘あばき’のリアリスト白土三平だ。
人間どもの生き地獄強烈！　これでありのままだと思うよ。壮大なありのままの人間地獄絵図の構図みごと。地響きのような最下層の底力。これほどのマンガ文学稀有。マー絶賛・あちこちで涙流した。一番泣いたのは、死んだおみねネエサンの頭骸骨を洞窟に隠して　いつも逢いに抱きしめに行くところ。マンガ見直した。
昔、お前にもらったU2も毎日聞いてるよ。これに送り出されて出稼ぎにマー出かけるの。一方方向へ、永久歩行するようなイメージの音楽でこれも普遍のロック。
(お前のセンスいろいろいいと思う。)

No.183　巣鴨

だめな時はさらにのろまに。
止まる一歩手前まで。
——ハッチがかりかりの骨になっちゃったなんて、だあれも考えていないよ。自分のことばかり気にして暮らしてるさ。お前だけがただ消えちゃったんだよ。お前が損しただけ。なんと悲惨な、ね。
こういうことだったんだね人間は。(マーのことよ)
Y死刑。人間の尊厳、そんなものあるのかねハルト。アレの死刑の賛意者もすべて殺さねば辻褄合うまい、ね。
(死刑是か否かの前に、人を死刑にできる人間はひとりも居ないものね。)
(しかし、これをあてこんで殺人をやる者？交通事故殺人だって同じだ)(すると、なんともかんとも結論難航)

No.184　表参道

すぐ眼前の空間は果て。
幻覚：お前とマーをつないでるゴムがうわ～んと伸びて　みるみるお前は遠ざかる。
——こうしてはいられない。私も行かなければ。何を毎日生きてるんだ——

No.185　水戸

食べること生きることどうやら同じらしい。生きる意欲の喪失が食欲減退と。拒食の子の深層は根が深いということだ。

No.186　我孫子

体表面から苦汁が滲み出しているようなどこまで行っても重い曇天の体。
——凄い。何もない。プツンとおしまいで何もない。
これでよく起き上るものだ。
もしもしハルト？　今どこに居るの、タマに連絡してね。タマにで我慢できるから。電話待ってるよ。夜中の二時でも四時でもいい。
——極力、人に会わないこと。
人に会うとその賑やかさになじめず回復に十日要す。
——何もかもすぐ終るから待ってて。もうすぐだから。ほんとうにすぐ終っちゃうのだから。
血流のスピードであっという間に通過するだけ。すべからく。もうすぐだよ。
——洗いつづけるよマーは。お前と合体（君の骨いっぱい食っちゃたもの）の体を。
——よくもそんなにいつまでも黙り続けるね。
四方八方何十万キロのダンマりだ。

――私は想像力不足によって生きている。
想像が、考えがもっと正確なものならば生きてはいないだろう。
私の生存は鈍感と狡猾に他ならない。

No.187　馬橋

行く先はもうどこにもないのに、ムチ打つように出かけゆくこの体のみすぼらしさ。
けれど今日の三味は、虚ろと悲哀のないまぜの、メロディーともいえないメロディーが破格のものであったかもしれぬ。
心だめ体だめで、弾きづって　止ったり　また思い出したように音出したりして。1、2、3のリズムなんかどこにもない。

No.188　表参道

慣れ座りでうち止った。
この辺は座り方が案外むずかしいのだ。
特長が薄いから。というよりも、みんな隠れんぼしてるから。
いわゆる都市。オスマシの。
――今となり、考えてみれば、君との関係は、マーの人生、最大・最高の人間関係であったのだ。厳密な意味では唯一の。
ほんとうの本気で呼び合うのは、死んでしまう身の上の者だけだろうから。今そのことを　深くびっくり思う。
君の必死の呼びかけに　答えきれなかったおそろしさ。
許してとは　口が裂けても言えないから一度も言わずだ。
ただ、今、無限の愛を抱いて頭をたれるだけ。
ひとつひとつケリをつけていって　君とほんとうに一体となる準備を刻々と進めるよ。
▼五目ずしハルトのごちそう。

――生きて間ぬけている実に。
この肉体、自分のものでないような、ひと事のような無反応・不感症すすむ。
――枯れ草や、幽霊の気持ちを脱け出ることは今後も多分、片時も～。
――二人だけで暮らす邪魔になるから、すべてのモノから逃げようハルト。いかがわしい空騒ぎから徹底的に逃れよう。利用じゃない人間関係あんまりないんだものね。
――どんどん月日が過ぎるのだけを楽しみに。
のろのろした時間だ。時間よもっとスピードを。
――どこにもつながらない今日が
ぽつんとあるだけ。

No.189　荒川沖

行くぞハルト出稼ぎに。
おばあさんが「ごくろうさま」って。

No.190　逆井

夕方、森の中。樹の上、空の方向いて三味線弾いてると、ガレキが砕けるような破砕作業のような音。こんな濁音の三味やってる人・居ないだろう。でもこれが私の音楽。
これを人前でやってしまったら凄いなと思う。

No.191　馬橋

No.192　取手

今の私、ゴミ箱。屑のような考えと感覚がとび交うだけで、人間と呼べるようなものは何らなし。精神などという高次元のものは、もはやかけらも存在しない。ごみ箱がごみ箱かかえてあっちこっちとうろつき回っているに過ぎぬ。

No.193　水戸
――この‘脳’というものは、最悪だね。
ちょくちょく極悪にも考えが及ぶのだから。
――死んだ者が幽霊じゃない。生きてるロクデナシが幽霊だ。
――マーは　生きている者と（なんだか）深い溝ができてしまったよ。ナニカ関係の薄い遠いところから作用してくるような……。
早く穴掘って二人できれいな話ばかりしようね。
No.194　逆井
体がとろとろの泥のよう。水枯れたポキポキの枯れ枝のような気分が朝の私。
No.195　神宮橋
壊れすぎていて、人と組むなどはすでに合わない。誰もやってないようなバラケのバラバラ事件のおどりだもの。
No.196　柏
起きてしまったから働らきに行こうハッチ。
No.197　松戸
マー、どろぼう猫みたいな人相になってきたと思うよ。ぎろっと大気の穴を睨んでは一《ひと》行為にらんでは一行為。
No.198　神宮橋
皮を剝いてまる裸に。
No.199　逆井
あれもこれもあれもこれもみんな捨てよ。
いさぎよくかなぐり捨てて。
少しづつ取っておくシブタレをやめること。
下品の原因と。

No.200　神宮橋

黙って黙って黙ってやる。

眼底出血で突如ススの世界の眼前。

目の前真っ黒いススだらけで、幻覚起きて踊りやすいもの・別に構わない。踊る材料がひとつ増えておもしろい。知らないけれど幻覚剤飲んだらこんなものかネ？

No.201　柏

No.202神宮橋

ほんとうにやりたいようにやると、‘自分の力’をとんでもなく上回っている。

No.203　取手

‘無造作’が一番よい。そお～っとていねいにより千倍よい。

No.204　馬橋

ハルトはすと——ん！！！

あ————っ。

No.205　北小金

マーが死ぬ時はお前を道連れと。

No.206　神宮橋

食べることがこんなにもあほらしくなってきたとは相当の虫喰いだ。七十歳になっても食べ物の話で夢中に喜んでいる人見かけるがこれは案外よいこと。

No.207　成田

擬音のおはなし三昧。

No.208　柏

No.209　荒川沖

ゼンマイ人形となって　そら出かけよ。

無意味についてももう考えまい。

No.210　神宮橋

確かなのは終ることだけ。黙ってピタリと終る。
ひたひたひたひた歩いて　とうとう跡かたもなく。
お前は音無しの時間の存在となって、そのことマーにいつも突きつける。
‘さみしい’なんぞのはるか向うだ・この世は。
十中八九ムナシ。だからねハルト、マーはこの頃、誰も見向きもしない時に道芸やってるの一番すきだよ。その時の集中度凄いよ。
お前とぴたりと息が合う、その時踊るマー。
馬鹿みたいで急速に乗りが出てくる。
そんな時のお客はマー自身。

No.211　松本

ハルトがあどけないような顔つきして水底にしゃがんで、石拾って積んで遊んでる。水の中なのにいつまで経っても平気。息をしないさみしい青白い光景だった。

No.212　松本

下宿先に行く。
桜並木・大ケヤキの元に青い屋根。
松本の町の背景の山となって、お前はうつ伏せて涙を流していた。底はかとない悲しみ寂しみとなって、町なかの至るところにお前は居た。夥しいお前の足あと。これほど悲しんでいるとは知らずに、暮らし続けているマーやその他のおそるべき。もっともっと孤独に落ちなければだめだ。紛らすことを極力避けてお前とひとつにならねば。

駅前の道芸で男の子と女の子にじっくり会ったよ。どちらもお前の代わり。

No.213　柏

No.214　神宮橋

気になるのは蟬とこおろぎ。

林の中で三年四年三昧修業していたので、夏はいつも大量の蟬に囲まれて。

蟬の最後はまことに凄まじい。みんなあの小っちゃな体で、断末魔のそれこそ死にもの狂いの踠《もが》きをあちこちにぶちあててからバタッと死ぬ。それで即、枯れ果てる。こおろぎはキョトキョト挙動不審に加えて、過敏症の神経まる出しでいつもさみしがっているような。

道に座って三味線弾きながらふと体に入ってくるのはこの者たち。どちらも縁続きで私達によく似ている。

No.215　北千住

冬が近いのに、二人で汗まみれになったねハッチ。ボロボロに疲れて。

もっとボロになれ。

No.216　神宮橋

No.217　柏

No.218　仙台

私が時々遠出の電車に乗ると、ハルトは私と平行して線路づたいを猛然と走り続ける。上下動しない‘スピードのための姿形’で。

この姿に逢えるから私はタマに遠出する。そしてその度に私は考える。

小さいうちから‘走る’という単一のことばかりをあるいはやり過ぎたのではあるまいかと。
案外、不本意のまま　行きがかり上やりつづけていたのではないかと。ハタから見れば姿といい速さといい感動的なものだったけれど。走るという行為ほどただひたすら孤島をというゲーム性の薄い性質のものはないように思う。ある意味では無味な性質だ。いろいろな味わいに寄り道せずにただ一本、走る―走る―この展開と行きつき先もなかなか難しい危ないものがあったのかもしれぬと今にして思う。もしや無味の味覚の位置であたりを眺めていたのではないかと。無味の味わいを楽しみ知るようになるには相当の年量《かさ》を必要とするように思うし……。
(大学に入ってからは一向に運動をしようとしなかった君)
No.219　仙台
No.220　神宮橋
No.221　柏
No.222　取手
赤ん坊生む夢ばかりもう十数回。見え透いた夢だ。
No.223　神宮橋
No.224　柏
雨ちらつく中でよかったねハルト。もうあと少ししか残っていない中での切迫感と味覚。
No.225　松戸
No.226　成田
マーケットで食料品買い物する時ほど惨めなことなし。
終ったら一目散に逃げ帰る。

No.227　柏

それでは後向きの破滅道ではないかという人がいるが、私はこの方法で上昇するのです。
私にとっての前向きはこの形。
へ理屈とはちょっと違う。

No.228　柏

夜、ロックバンドに誘われて一緒にやる。
学芸発表会のように退屈で×。
以後舞台の誘いには一切乗らない。私には道端が最高の舞台。

No.229　神宮橋

No.230　逆井

花の最後も痛ましいものだ。Uちゃんにもらった花々だいじに保って、一カ月近く経ってとうとう首を垂れてきて、もうだめといった表情でだらっとどうにもならない終りの姿。見るにたえない。

No.231　柏

線刻のおどり踊る。

No.232　我孫子

ハルトと食べたあの夏のそうめんおいしかったね。
涼しかったね。夏になったらまた食べよう。
あんなに記憶に残るすてきな食事、あとにも先にもない。地べたに座って二人でね。
一生のうちで最高の食事だった。お前はこの平凡な食べものを、しみじみと、こんな食べものっておいしいねって言った。心底喜こんで感心しているみたいな静かな物言いで、マーもちょっと感激していて、この子はすてきな子だなって思って別れ難い感じがして、そのあとすぐにお前は松本へ帰って行った。
なんて印象深いことだったのでしょう。こんな食事、誰ともしたことないから全く不思議です。今となっては。
お前が死んでしまう運命の暗示だったのだろうか。この食事といい、あの旅の電車のしっくり行き交った会話の二人といい、高熱のお前をオウムのアジトから助け出して山中をおぶって逃げて逃げて、途中、マーの背中で息絶えてしまった最悪の夢といい、最後の電話での不可解な特殊なやりとりといい、そこここにあまりに印象的な場面があって、それもこれもみなこの惨事の予兆となっていたのか。今でもお前をひきづり戻したい恐ろしいエネルギーの衝動が不意に起きて、体・岩のように固めてしまうことが間々ある。

No.233　松本

終った。終ったのだ、すべてはすでに。私の一生。あとは排泄物に等しいですね。

No.234　逆井

ハッチ、マーが死ぬまでずっと一緒にいよう。
虫喰いになったってなんだって構わずに。
生きたまま虫喰いの人だっていっぱい居るだろう。
その方がよっぽどグロテスクさ。

No.235　柏

どっと居ないお前。これを適格に表現するのに使える言葉は全くない。人間の使っている言葉の範囲外の事柄だ。従って私は人と音信不可。
夜中一時、ハルトはっきり帰ってくる。

No.236　松戸

子供は威張っているのが一番いいの今頃わかったよ。(温和しい良い子は、我慢の一手なのだ。多分)

お前が大いばりの子だったらマーは今頃……（しかしそれなら死にはしない)。そうでないから二人でこんがらかってひきずりの悲惨となり。

この上はふたりしてよい乞食になりましょうね。

困った顔したお前ぐらいの青年とは一ぺんの行きずりで濃い交感をしてしまうマー。勝手なものだね。

入ったお金七千円、全部あげちゃったこともあるよ。すごく瘦せていたから。

No.237　柏

遠くから景色として眺め合うだけの私と他者。あいさつや天気の話以外これっぽっちも話がなくなってしまって、これでは正面から人と向き合うことは細密な意味ではもうないかもしれぬ。

鏡みると、やはり幽霊が急速に進んでいる。

夜中、しょっ中心臓も止まるし。この心持ちでよく生きてると思う。日毎、かかしさながら。

No.238　北千住

心が前向いていないからこんなに体悪いの？

まるでどろどろ。だるい。前向こうかハルト。

前向くって何？　深～いところから　懸命にやることだね。そしたら晴れる。そうだ・それやろう・やっぱり。そこは普通の浅い意識界ではないね。そこへ行こうハルト。ほんとうの健康に入ろう。

ハッチへ。
月の残りあと7日ぐらいになると暦を次の月にめくってしまいたくなって　うろうろするよ。30日が長くて我慢できない。
どんどんどんどん早く過ぎてしまえばいい。
春夏秋冬春夏秋冬5、6年あっと過ぎて、とうとう死んでしまえば痛恨もおしまい。

No.239　常盤平

ほんとにいいのは死ぬ寸前だ、おそらく。
青ざめて目が廻って右も左もわからない。
何してるんだか読みとってない無我の境？　息もしてるんだかどうだか（‘踊る’におき）。人間自体もきっとそうだ。体ふるえて極限で、かろうじての肉魂。計算打算ゼロ目盛り。計略立ててる暇ないから。ゆえに、人は死ぬ時すべて善人だ。これで生涯の悪徳もご破算。

No.240　松戸

春となっても巨穴隠した極彩色の景色。

No.241　浅草

桜満開。きれいな花から目をそらすクセがついてしまって、よくよく眺めることはないが、それでも桜花弁の樹元に座るとお前が包まれているような心持ちで、哀切とうっとりが入り混じったような座り態。二人で哀しい至福。投げ銭三万。桜の花びらと私達と通るみんなと三態三時間。また二人のすてきな思い出できたねハルト。
全く普通じゃないところへ抜け出よう。
どんどん行って　とんでもない迷い子の作品自体と、二人でなろう。

No.242　柏

灯が消えた体温の低い肉体が置かれて。
関心を持たれなくても無頓着な。
器物に近いものがここに座ってる。

No.243　北小金

足元ばかりの視線あんまりだから
ふわふわ浮遊してごらん。

No.244　神宮前

No.245　神宮橋

今日もわたし行方不明。
溜った澱を落とす気になって
一旦お風呂に入ると　長い時間・体こすってみる。

No.246　柏

圧死しないように
遊芸の回数をもっと増やさなければ。

No.247　帝釈天

あと百年経ったら還るとの連絡ハルトからあり。

No.248　柏

ハルト！　一万円誰が入れてくれたのでしょう。急いであたりを見廻しても誰もいない。

No.249　取手

寄ってたかって私を変人扱い馬鹿扱いして自分らはどうなのか。
‘これ’は私の美意識だ。妄執にあらず。
宗教も思想も私には無い、あるのは（小規模な）美感覚のみ。
墓が好きなら自分で入れ。

ピーチクパーチク人をおとしめて喜こんで（肝腎な時、力になりもせず批判と我関せずの体のよい傍観で）
それを生きてるヨスガにして。すましこんで事後処理の指導をしようというのか。ケヘロ！　これで汚ない言葉使いともお別れします、明日からきれいに生きよう。
きれいなお前に似合うように。
No.250　帝釈天
No.251　柏
お前はコトッて止まってしまったのだね。
ことりと。
やっぱりマーが生きてるってやっぱりどうかしてる。
No.252　帝釈天
寂寞ですこの世は。
人間の乗っていない車がぶ～んと走り小鳥がチチッと鳴いてる程度。
No.253　逆井
カミカワという女の子から電話。「ハルトさん・居ますか」「出かけております」これでよいのです。
同窓会名簿づくりの案内だって記入事項書いて出してやりましたよ。職業・旅芸人、電話なし、住所不定。旅芸人だもの。
No.254　柏
ここに居てもあそこに居ても、これをしててもあれをしてても自分ではないような、別の他人のような奇妙な人格と合い成った。これは一体誰？と立ちすくむ。
人と物に同じような感じを抱くようになってしまって。
No.255　帝釈天

慣れで甘くなってきているよ。
苦しみに甘ったれたからだで座ってはだめだよ。

No.256　水戸公園

詰ってきた。自ら破って破裂しなければ。

No.257　柏

からだは百%気持ちだ。ふとした入り口から気持ちが満ちてきたら、肉体が瞬時に変化していることに気づく。ふと喜こんだらぱっと晴れて体温上って、皮膚がしっとりしてきたり。
気持ちだから・気持ちだから・気持ちだから・それで行きなさい。生きなさい。もう少し生きているつもりならそうせよ。
ぐずついていないで。
それでなければ生をやめよ。ええそうします今日から。

No.258　逆井

自分の外殻・保護堅持したままでは、旧態依然でしかありえないね、絶対に。
ケチな外枠はずれると、あっという間に毛穴開いて、微粒の汗がうわんとにじんできて新天地。
(この種の汗の出方は絶妙で、普通の発汗ではない)

No.259　柏

今日を作らないと明日はない故
なんとかして今日をよいものに。

No.260　取手

踊り見て泣く女の人。
人間失格した私の踊りはどんな動き方をしても滑稽で、かなしみなのかも。
——新緑目に入っても　又かといった程度の感受。

初々しく新しい印象湧かず。
半永久のくり返しかなどと思うのだから、どうにも人の仲間に入れない。

No.261　松戸矢切渡し場

この汚れた床をギッギとふいて
今日を捨てよう。

No.262　柏

自分が‘気に入る’ところへ即、落ちてしまうこと。‘ためらう卑屈’をやめたら、人はどんなに思いもよらないことをやるか……。人の関係だってずいぶん疑いのないものになるかもしれぬ。

No.263　柴又

不本意を全部カットすること。
ガンバらなくちゃ。何を？　遮二無二。

No.264　矢切

終盤のああこのつらさ。何ひとつ築いてこなかったせいだ。
喪失症の病体だ。
自分がすでに古ぼけた写真、捨てられたガラクタのように感じて。すべてのこと手をつける馬鹿馬鹿しさ。

No.265　柴又

毎日毎日ぐ～んぐ～んと堕落する。
一年も経てばすごい距離だろう。
三センチ大の不気味な青い物体が右眼前に居すわっていて消えない。
夕方、11歳の女の子に出会う。何十年ぶりにほんとの言葉でしゃべったような気がするよ。(思えば死語ばかりだった)

たわいない楽しい会話。「おばちゃん近道教えてあげる。秘密の道、ホラね。ここからは知ってるでしょ。またねバイバイ。又会おうね。」（この子は、三歳の頃、林の中で三味線弾いたり踊ったりしている私を何度も見ていたと言う）
夜中、左手と頭が体を離れる。その左手で物をつかむと誰がつかんでるんだろうと変な。ぽっとはぐれた手と頭。
そのうちもっとバラバラに分解が進んでとうとう部品に壊れて死。

No.266　取手

ただ生れて♪ただ消える～。
あわのように生じ♪　あわのように消え♪
さよおなら～。

No.267　本土寺参道

‘だらんだらん’と低いおばけの音が自分に一番合う。
誰にも脅やかされないほら穴住まいのような安心感があって、張り切る疲れがそこにはない。この低音を自分の音としよう。
――歯みがきしてると決まって途中で手がだらりと。
居ないお前がはっと思われて、自分は何を馬鹿げた行為をしているのかと。脱力で涎が流れだし再び磨きつづける。

No.268　表参道

この期に及んでなにをこじんまりと図っているの？
もっと狂え。今や他にだいじなものなどありはしない。

No.269　柏

さくらんぼが落ちてつぶれて血染《じ》みのように点々として、ぞっと目をそむける。

まだ生れて二十幾年のほやほやのやわらかい頭を……、ああ私も生きてちゃいけない。

No.270　矢切

一極集中・一極集中ナンマイダ～

——さようならきっぱりと。以後はお前と・見返りなしの貫通の思い合いで暮らしましょう。

森の大きな木の根元深く埋まって　そこで二人で千年も万年も一緒に。

あれほど希った・人と人との貫通の思い合い・死んで初めてかなうのか

——（今や）ひとつの星の重さにも匹敵するお前の命の巨大犠牲の下に

——お前の（死の）目的はそれを私に知らしめるためであったのか

——とお前が消えた直後に愕然とこのことに気づく

——はかりしれない、生きては背負いきれない巨大負荷

No.271　本土寺参道

去年のあじさいの季節・私、‘芸’なんかのレベルではないのに「三十年前に聞いた三味線弾きの女旅芸人の次にあんたのやり方は胸にくる」と言って私を励ましてくれたSさん、脳腫瘍の失明で病院暮らしと聞く。回復を心から思って‘祈り三味’を弾く。

No.272　本土寺

No.273　本土寺

子供殺して　なお朝ご飯食べてる姿・人に見られたくなし。

No.274　表参道

原始と世紀末合体のおどり。
▼道端に座っていますと人々の心模様の案外に急激な移り変りが丸みえです。
このところは経済恐慌らしいですがそれが影を落としてか'ひたすら自分'（斯く言う私も）、視線もうろちょろせず他を全く気にせず速歩。
よく言えば自分探しか。無駄・ゆとりがみえません。もっと以前は道草したがってるようなぶらぶら歩《ほ》の余裕が体にあったのです。
経済と人体・結託しすぎじゃないかと思えます。
果ては若者までなんだかこじんまりと小さな触手をのばすだけではせこ過ぎます。
横行するのは上べのど・ファッションだけ。
着飾りにしては肉体が貧相に感じます。
管理主義を嫌がるの口だけでみんながひとりひとり管理人みたいにこちんとして。このような印象。

No.275　本土寺

また今日か。

No.276　本土寺

ある意味で体は'作りもの'の器物だから、一旦・壊れかけると、ゴゴ～ッと瓦解のおそるべき音立てて、厚さ一メートルの鉄の扉が下方からぐんぐん迫りきて、それ、あっという間に上昇し、心臓を通り過ぎるともうそれで一巻の終り。
それ考えるとロボットと寸分違わず、魂の占める割合なんてほんの些少であるゆえ、人間はたいへんなはずである。魂は相当のガンバリをしないと器物に占領されて、心なんてあるか無きかに追いやられてしまうのだから、人間が‘人間的’で在るのは全く至難の技ということもいえる。人間の道筋はタイヘンだ。

No.277　本土寺参道

なぜこのように喘ぐ日々か。

それは刑務所にこそ入れられないが、罪人だからだ。

No.278　本土寺

どしゃ降りが降ろうが、爆笑が起きようが原爆が落ちようが、なおけっして微動だにしない一点のおそるべき静謐が絶えず在る。その名は死。神をもってしても不可侵のもの。

No.279　本土寺

お前は汚ないうんこをするのがいやになって死んだの？それをマーが手伝ってしまったの？

ひそやかな正しい野の花をみる度にそれがほんとうにお前に思えてくる。

マーはいつも重量の荷物ぶらさげて道芸に歩き廻っています。この頃だんだん肩が下ってきました。

No.280　本土寺

朝五時チリーンと一回、お前からの電話のベル。

No.281　本土寺

バスが来て二人で乗ろうとした途端

ぴよ～んぴよ～んとお前は奇妙な飛びあがりでどんどんどんどんかけて遠ざかって行ってしまった。

No.282　本土寺

No.283　本土寺

からんからんに乾いたこの世界で

‘不確実’がただこすれ合ってみんな生きて、人は斯程に安っぽいのか、それともたくましくて感心なのか。

No.284　本土寺

海の沖の方に居るというハルトを迎えに、
尺取り虫になった私は、腹ばいで五体投地をくりかえしながら少しづつ少しづつ近寄っていくがなかなか進まず途中ざ折。

No.285　本土寺

No.286　表参道

あさってのことは考えないこと。コンニチ今、
そうありたいことだけを為すこと。
この方法だけで、も少し生きてること。その時をあとにも先にも一番のモノと。
それでいつ死んでもよいように。
～と思っても‘一番’なんて一度とてなく。
(昨日、懸命だったと思える真新しい過去も、一夜の眠りのあとには、すでに赤面ものになってしまうこと多し)

No.287　本土寺

今日のは変態三味線。リズム・音量たえず変調をきたしてそれがほんとのやり方ではないかと思えてくる。今後このようにあれ。
深潜りは自己陶酔を抜ける。

No.288　本土寺

野菜に捨てる部分がないように、この世で役に立たないものはどうも一つもないようだ。それがたとえ攻撃に近い冷ややかなものでもだ。自分内の甘さの点検をする時、それがにゅ

にゅっと活きてくる。このしかけがほんとうに鮮明になることがある。もしやこのこと、この世の救い。

No.289　表参道

No.290　帝釈天

ハルトは本日うって変った論理口調で、私の耳穴に向って、確信の、ものすごい糾弾の叫びを放ってきた。あんなにりんりんとした迫力の声が人間にあろうかと思うような・空じゅうに轟ろきわたる雷鳴のような叫び声で、淀みなくたたみかけてきた。

今までで最大級・衝撃の・電流のようなメッセージだった。これは事実的なもので夢や幻聴ではないと考えている。

No.291　柏

No.292　帝釈天

私は、見たこともない三人の子供と暮らしている。夢。私の恐るべき深層心理。

No.293　表参道

No.294　柏

今日も身捨てに行こうハルト。

No.295　柏

突然・人に囲まれて、思いつき・急場のその場しのぎ。つまらぬ心情や作戦をもりこむ余裕ないから及第のモノ。こうして思わぬ高さ？に至ることよくあり。

No.296　帝釈天

No.297　原宿

無意識・無知のからだが最も含みが多く豊かであることを・魅力であることをよ～く知っているだけは知っている。

（知情の量・自信が体表面に滲み出てる人はいやだ）

No.298　柏

追いつめられた・コンつめた命であるから
それそのままで、うんうんやる。

No.299　柏

石は石らしく、また、他のなんだってかんだってそれぞれの親和力のようなのを確認できる。
なのにお前の硬さはこれは、この異和感の硬さは一体ぜんたい。理解承認永久不能だ。
自分が同じレベルになる以外全く方途なし。

No.300　取手

ハルトがちらほら口にした（日本の）作家、古いところでは川端、谷崎、三島など。とりわけ三島は、日記の類まで出てるもの全部読んでいたようで、これを卒論の種になどと、ちらっと言ったこともあり、どんな角度から三島を好んだのか、細かくはわからずじまい。一般論とは別に、角度によっては、魅力も含んだ時代の病理学……。

No.301　原宿

No.302　柏

No.303　柴又

あめ屋であめ切りの包丁さばきを見る。
みごとな大胆リズム。巨大包丁、巨大振りでも重さ活かしているだけで、ほとんど力使っていない。

No.304　柴又

ハッチとおいしいもの食べたいねハッチ。
マーもうずっと食べものの味がしなくなってる。

納豆ぶっかけて30秒で放りこむ立ち喰いばかり。誰にも見せられない豚どころではないこの暮らし、いつまでする？

No.305　矢切

確かな存在はお前だけ。なにしろ動かない固定だもの。生キテルモノワミンナ動イチャウノヨ。

好キ同志モミンナ通過シテ過ギテユクノミ。

トドマルモノワ何一ツナシ。オ前ガカツテ走ッタヨウナ猛スピードデ行ッテシマウ。

No.306　帝釈天

No.307　柏

外にはロクなものないから体の奥へ奥へと潜っちゃえ。そこで生き切る。

No.308　帝釈天

魚の親子が立ち泳ぎで遊んでいるのをハルトとずっと見ていた。

おもしろ楽しくて、飽きずにずっと。

No.309　矢切

目が覚めるとこの頃はいつも、ここはどこだろう・自分はどこに居るのだろうと。居場所失ったのだ。それとも脳の衰退？

No.310　柏

No.311　荒川沖

みんななんで友達いっぱいいるんだろうねハルト。

ふしぎでふしぎでたまらない。マーとお前には居ないもの。

友達とはマーとお前の場合、ほとんど一体じゃないと気が済まないから始末が悪いのだ。

No.312　帝釈天
じっと止っていると、‘人間は物々交換だ’などという観察や考えがニョキッとあらわれて、まさしくその通りと念押しに陥ったりするから、それでつい動いてしまうのだ。
たえずねずみのように動いていないと、とうとう‘それ’に殺られて　立位不能に追いこまれるのだ
‘人間関係が物々交換’の考えに行きついたのではとても生きていられないもの。
じっと一カ所に座り続けている人は偉い。
パスカルだ。私はねずみ人間の二足三文。
No.313　帝釈天
あまりにもの圧迫大気に、出口なしの詰まりモノになった体を、夕方、四年ぶりに軽くランニング。
お尻が明らかに弛んでいる。少し臀でも引き締めるか。今さら臀ひき締めて何する。
No.314　柏
お皿もお茶碗もいらなくなった・食事などと呼べない腹ふさぎ食事。
穴掘り住居の時代に生まれるべきだった。
No.315　柏
ワタクシはくもの巣城だ。
No.316　矢切の渡し場
No.317　帝釈天
人間・和平は難関ですね。個体差（と言ったら体裁がいいけれど別名変質）がありすぎて無理がある。どこかで我慢の妥協であるからして、いずれ破裂する機会待ちが濃厚。

生きていてへとへとに疲れるのは正にこの問題である。常にこのことである。
変質者だからこそおもしろがり、刺激しあい補助もし合うという品のよい高い立場に始めから立っている、数学のモリセンセみたいな人もタマにいるけどなかなかたいへんなものです。

No.318　柏

ハッチのごちそう五目ずし。ここから完全自力を最後スタート。自分の癖、アク寄りでちゅう躇せずもう行っちゃうよ。
——スが入った命・身が入ってない命には皮が破れる寸前の破れ太鼓のような三味の音が合っている。しかも雑音すれすれの。
じめじめ捨てて新奇の華麗？を生きてしまおうハルト。ふたりでぴったりくっついて新種の奇花を咲かせよう。想念をずば〜んと。
なにもハイ速であばれることではなくて秘かに秘かに。
命にのって運ばれてしまおう。

No.319　柏

雨つづきで久しぶりの街頭。お前がふっと体に入ってくると、やわらかいエネルギーと瑞々しさを呼びこんだみたいに、音が変ってくるような。

No.320　帝釈天

野道をゆくと白鷺二羽。少し行くと橋の下のたまり水に透き通った大きな魚が二匹。
なんだかさみし〜い光景。

No.321　神宮橋

小さなハッチ・板の間でずっと遊んでいたのに夕暮れになってきた頃、急に、新聞の自分の死亡記事・手に持って「帰る」と言い出す夢。

No.322　柏

からだがずいぶん澄んでいるように思う。私ではないと思う。(こういうふしぎな入れ替えが時々起こる)

家を出たら最後、年令も7～79まで、性別不詳、右も左も全部こんがらかること。(この切り換えをしないと、やっぱり“恥ずかしさ”にやられてしまう)

No.323　帝釈天

No.324　神宮橋

活き活きしい自閉だった。たえずお金の音がする。

No.325　柏

目あくと千円札が。5歳ぐらいの男の子つれたママ。ニコニコ見ているすてきな笑顔。こうなるとお金もすばらしいモノに。

No.326　帝釈天

知り合いの人。ハルトくん死んだの？　葬式したの。どこのお墓、何歳、どうして？　矢つぎ早・明らかに覗き見のみの。こんないやらしい暇つぶしお願いだからやめて下さい。

No.327　神宮橋

私とことん壊れる以外ないのに。

少しずつ工作をはじめたりするから、性懲りもなく。わかっているのにこうやって馬鹿をくり返すから、みんな長生きするのだろう。工作馬鹿を修正したいもの。

▼夕食ゆでたじゃがいも3こ。何も味ついてなくておいしい

ねと・ハルト喜こぶ。ほんとに口の中がいい気持ち。

No.328　柏

心が・何か・宇宙の不可解までずっとつながっているような奥行き感。連続感。

死んじゃったハルトはマラソン時代にも見たことないような美しい四肢だった。最高状態の筋肉の形状。なぜなのだ。オウムで栄養失調の骨皮に一旦なったのに。あの、つやのある四肢の強烈な印象はふしぎな謎のまま。

「心は筋肉」ならば、死の寸前のあの筋肉と皮膚の張りは一体何を意味しているのか。

No.329　帝釈天

途中で露天商のイカ屋夫婦に追い出される。

――ハルト、すてきな人に出会いなさい。

じっくりしたしっとりした女の人に出会うのだよ。ね。タマに居るのよ。あちこち歩き廻ってるからマー知ってる。超な感動でなければ何にもいらない。

‘間に合う’なんて　なんて空しい。なんて哀しい。ね、ハルト。

No.330　帝釈天

先の見当をつけた途端に、その場はすでに色あせているからほんとうに恐いものである。

「偶然ばったり」の真新しさの輝きを失っているのである。

No.331　向島百花園

池のそばで。水に音が反射して、すごくいい合い性。‘古池の蛙’思い出す。

No.332　柏

人間はどこかひとつ良いようにどこかひとつ変なように作られちゃったらしいねハルト。オール変態。
それだから永遠の右往左往。ごつんごつんとぶつかり合って固（安）定的な和合至難の行。
生れた時これを一斉指導することにしてあれば、このことで悩まずに、もう少しみんな仲良くしたかもね。全人間。

No.333　神宮橋

常人終了して‘恥ずかし’消失。
あれほど恥ずかしがりやに生れてきたのに、このでんぐりかえし。

No.334　柏

ふみちゃ～んと声かかり踊りはじめて際限なし。
みんな腹かかえて笑いころげて「テレビ見てるよりずっとおもしろいよ」という。私も踊る途中とうとうゲラゲラ笑い出し、他の通行人唖然。
馬鹿か狂人かと思うのでしょう。（私はほんとうは狂人ではありません）こういうふうに人同士が触れ合い喜び合うと、なんて温かく、明るく、人間のこの世は最高だねハルト。(ひんやり冷暗の理知的？な……と比べてみよ)
だいじな事！　こういうことがタマに生ずるからめげずに一緒にやってゆこう。君も人間関係というものこうありたいと切望していて、あんなになっちゃったのマーは知っています。痛いほど。
君の自閉の原因が何であったか、今となってはものすごくはっきり。当時それを相当に摑んでいたつもりでもまさか死ぬほどの切迫とは……。

（若さが、生きる力そのものと思っていたし……）こうなったらマーはお前のいのち、お前そのものとなっていかなければ。爆発的にそうならなければ治まりつかない。

No.335　北小金

ラジオ・テレビ・新聞・活字類一切触れず私の頭の中、この頃イルカ程度である。

No.336　帝釈天

時代にもはじき出されてしまったお前。すぐそのあと追ってる私。

No.337　神宮橋

人だらけによる人間の淋しさ。私もミンナも全部無機物の感触。

帰り途、それずっと引きずって　電車の中、涙・流れ。

No.338　帝釈天

No.339　柏

いやな時代ですね。すべて丸見えで。隠れることも隠すこともなくなって。隠れたり・隠れ場所もいっぱいあったりすることがどんなにふくよかなものか……。もしも子供の頃からこんなに何もかも丸見えだったら、ひどい食傷症に陥って、この歳まで生きてこなかったかもしれないな。

私の子供時代は、家（まるで小屋のようだった）に一冊の本も音楽も食べるものもない、ないない尽くしだったから、未来は未知数に満ちていて、憧れで空の星ばかりみて、いつもあご上げて歩いていた。足元なんかみて歩いてないから、よくけっつまずいてすっころんだ。

考えればこっけいな話だが、‘人の始め’にとって案外これは最高の状態だろう。ともあれそのせいの'おくんぼ'ではんとの・ヒトの人生らしき出発点は40歳。すべてまるみえ時代の今の子供ははじめから40歳。けれども逆にそれだからこそ、ある意味では人が、すごい進化に入る可能性もあるとも言えるだろう。十分に知りぬいた上で、さてそれならばどうするかという事で。大きな分岐点の時代だ。

No.340　帝釈天

マーはもう生れなおしたくないかもしれないな。

ハルトはどう？　もう一回やってみるか？

No.341　矢切り渡し場

笑わなくなったせいか、顔中の筋肉がぎゅうぎゅう固まってきた。歳とっただけか。

No.342　松本

お前が通ったらしい、銭湯「仙気湯」を浅間温泉にみつける。まっすぐ宿に帰って泣き寝入り。

No.343　松本駅前

思い出しました。

お前が戻ったら、大学はもう退めにして、東洋医学系の医者への道を勧めるつもりで､急いでヘソクリ貯金を始めたこと。人の心の裏側に敏感な者は、医者が似合うかもしれないと思いついて。それに“仮にもオウム出”では、この世で生きて行く手立てはもう､人の命を救う仕事以外ないと考え至って、“これでずばり解決”と。

マー・とって置きの名案の秘めごと用意して待っていました。

水の泡……。

No.344　薄川、下宿脇
去年と違って水量多く、澄んだ水が無限態で流れつづける。それこそ無限にくり出される水の旅。川をこんなに長い間見つめていたのは生れてはじめて。ふしぎなふしぎな光景である。川は。
無限の水流とお前がだぶって同じとはなんと哀しいこと。
川に聞いてもらって三味弾く。流れの音がすばらしい伴奏になって大きな奔放な三味を弾く。この体験は私の三味線にとってすごいかもしれぬ。ここで二曲つくる。
No.345　松本
山々と川と桜並木と、土塀のある家々のこれ以上ない美しい場所にお前は住んでいた。どうして人間世界を遊離？
そのこと思っているうち頭おかしくなって、自分が座っている場所がぐるぐる廻りだし、廻り舞台の長い幻覚症状が数度。
人間の感覚は実に不確かで怪しいものだ。
このような幻覚が現に起きるのだから。
松本行きもまた終ってしまった。
すべてはすそっと終る。すべては。
すでに終っているものをなぞっているような妙な感覚。
No.346　松戸
人と久し振りでお昼を。
おいしいもの、着るものの話など遠い感じがして、もう人には会えないなとつくづく思う。
これではあんまり失礼な話だし。
みんな、おいしがったりきれいなもの着たり花見て喜んだりして生きているのだから。

No.347　神宮橋

No.348　帝釈天

身落ち。落ちれば落ちるほど（歳とればとるほど・も）人間はエネルギー。着るものだってボロ着れば着るほど体がうれしがる。ぴかぴかした新しいものより安心が湧くし、体が傷んでくるほど過敏さも増す。

この頃はほとんどボロ屑のようなの着て新幹線でもなんでも乗ってしまう。

私の隣はいつも空いていてラ～クラク。

No.349　柏

「元気ですか」「ええ、その日の元気を何とか、でっちあげています」

No.350　柏

アレッ。気がつくと、この世の作法を全部捨てて生きてたんだ。イワユル非常識。

No.351　神宮橋

No.352　北千住

ひどく疲れてからだがごわごわと固くなっている。

もっともっと固くなれば死ぬんだ。

疲労がひどいものだから、ダレた体をばら蒔くように動き出したら、やがて知らずにふっと涼しいモノが入ってきて　いつのまにか生気をとりもどしている。

このようなふしぎな必然の過程を間々踏む。

No.353　柏

No.354　帝釈天

両耳の下にお前の手が生えて、「マー大丈夫か」と言いながらパタパタパタパタほっぺをたたく音でめがさめて、ひ〜っと息をつく。呼吸が止っていて息止まる寸前をおまえが助けてくれたのだった。

No.355　帝釈天

No.356　神宮橋

人間は、いつになっても子供だね。

それは案外かわいいものだね。いいや不気味も。

No.357　柏

人に相談することなどこれっぽちもない。たとえ、お釈迦さまにだってさえ。

その意味では人が要らぬ存在になっていて私もいよいよ終点の危機・危険である。

No.358　帝釈天

No.359　神宮橋

あの小鳥が確かにお前だったらいいのに。

小鳥だっていいよ。そんなには変りない。

食べたり、たわいない生涯だもの。

ゲージュツぶったりする弁護能力がヒトには余分に備わっているだけ。あとは眠ったり、つんつんつつき合ったりしてるだけで。だから。

No.360　帝釈天

田中屋（王貞治の若々しい写真が飾ってある）の二階・農協一行の宴席に呼ばれてやる。15分で五千円プラスおみやげ。

No.361　神宮橋

何も無く何も無し。

我慢のガンバリで生きている。夜、眠りにつく前だけが唯一の安らぎ？だ。もう、努力しなくてすむからだ。

No.362　柏

私のもうひとりの子供「豚になってあの木にのぼろ」とうたっている。

No.363　柏

耳を澄ますと、朝が、うお～んと音立てて起《た》ち上ってくる。その地鳴りにお前は全く関与してこない恐るべき落差。まるで百億光年の隔たりだ。

No.364　帝釈天

この頃の三味線の入りはナンマイダー・ナムアミダブツ・ハンニャハーラー切合切コン……と入っていく。ひどい入りだけれど、それから気が済む・澄むまでやることにしている。

No.365　金町

真冬なのにまさしく蟬の声、いくら耳澄ましてもたしかに蟬がたくさん泣いている。

ハルト――っ！

No.366　柏

完全無意味なのによくガンバる。なんだろう。ただの妄執なのだろうか。

(無意味で生きては醜くいだけかもしれぬ)

(人から見たら、毒物のように見えるだろうか)

No.367　柏

亜ヒ酸の溶液飲んで自死の夢みる。

こんな死に方、美的じゃない。

No.368　神宮橋

今日は枯れ草に会っただけ。

枯れ草になってしまったねえ・ふたりして。
枯れ草。底知れぬさみしさだ。
お前はやわらかくやさしい宇宙物質となって、星なりヒトなり新しい生命誕生に加担する宇宙視野に入ったのだと、超大らかな考えもふと湧くが、それはできない話。
No.369　柏
みんなに馬鹿にされていいのだよハルト。
馬鹿にしてる側の方がいつだって貧相だから。
No.370　帝釈天
ああ背中が痛いあごが痛い。
ありがたくもの食べないからあごが痛い。
No.371　柏
年の暮れ近づくと、ごまかしようなくお前が居ない。どこに隠れて暮れや正月をやり過ごせばよいのか。逃げ場なし。
餓鬼のように、麦飯にじゃこと野沢菜の古漬けのせてかきこむ。また手を切る。
No.372　柏
No.373　取手
ハルト帰還。
例の‘ぽつ’という音になって。(死んじゃった時この音、一日に100こ200こ何カ月も鳴りつづけた。私の部屋を飛び廻り遊ぶように。)
気のせいにあらず。含みのある独特の密度と立体感を持った音。もやのような充満感の音でもあり、私の周りをたくさん満たす。
形あるものを生命として区分けしたのは、もしかして人間の小さな脳の知恵範囲、目の構造にすぎないのかも。
生も死も時空もあるし無いしで、すべて無限態の円環なのかもしれないと。
無限時空に無限いのちが充満しているのかも。
いつもの朝モーローとしているのに、今朝は突然はっとめざめて、おかしいと自分を疑っているところへ・と同時にぽつっとハルトが帰ってきた。
私をまずめざめさせておいてから。
又しても摩訶不思議なけさ。

No.374　成田

さみしいハルトが死んじゃった。
せめて元気が死んだのなら
私も少しは許されるのに。

No.375　帝釈天

No.376　柏

No.377　松戸

No.378　帝釈天

永久保存の大穴。ここから動くことはけっしてあり得ない。この地点でのみの活動が許可されるだけだ。

No.379　成田

熱い甘酒を手渡してくれた人。カミサンホトケサン今日もやらせていただきありがとうございました。ナムミョーホーレンアーメン。

No.380　逆井

「マーなんでそんなに急いでいるの？」
「別に。運動してるだけ」

「急ぎ過ぎだよ」
「わかってるよ」
No.381　成田
甘酒の人（背高な一直線に笑う人）にまた会う。
No.382　逆井
No.383　成田
No.384　柏
ふしぎばなし。最後に会った時のお前の顔、多分今までで一番きれい。濁りのない幼な子のまっすぐな目と同じものを見い出してうっかり魅入ってしまい、肝腎の話がぼやけてしまった。
上司（滑稽なことに会社と同じ呼び名）とかいう二人のヤツもそうだった。一人は、鼻水たらして、あんこ玉のような大きな目が澄んでいたし、もうひとりは、青く能面のように全く笑わなかった顔が、二時間以上も私とやりとりしているうちに、とうとう溶けてようやく笑った時の・その・目見はる美しい笑顔。この人にも私はその時ほんとうに驚いた。（これはたいへんだ。これは精神病理学だと。）これらがあの糞溜めのような麻原にとりこまれたのだ。
No.385　取手
No.386　帝釈天
No.387　成田
ちび横綱凄い。自分の目前5センチにしか視線動かさない。自分の中しか見ていないのだ。故に判断力、すばやさすべて超技。十二日目とうとう視線が離れて怪しいと思っていたらその日あやうく勝ち、翌日は負けた。視線は決め手だ。

No.388　逆井
No.389　帝釈天
No.390　柏
No.391　柏
何のために生れてきたか。ぐっすり眠るために。
心底安堵できるものはそれしかないもの。
あとはみな不安と脅やかしのみ。
No.392　帝釈天
起きろ起きるんだシノゴノ言わずに自動人形になって。働らいて働らけば、あとから意味価値ついてくるんだ！
No.393　成田
No.394　成田
真性の乞食の定義→感謝や命の尊厳感がひどく薄弱になった者の呼称である。ワタクシ。
ボロ着た宿無しが乞食なのではないと、この頃つくづく思う。
物持って心空っぽの・この濃い濃い乞食感。（ですから私は、‘乞食’をためらわずに連発します）
No.395　成田
お前と時代を共有しているうちにマーも死のう。
ぐずぐずしているとお前が知らない時代に入ってしまうもの。
No.396　帝釈天
ホルマリン漬けの死体を連想するようなシャケの切り身を食べる。新しそうな肉色の見かけなのに全く味がぬけていて、ただしょっぱいだけで不気味。なんていやな世。
No.397　柏

‘冬去り風’ がびゅんびゅん猛スピードで吹きぬけ去っていく。瞬時に去るのみ。あのように私もこの世を去ろう。

No.398　熱海梅園

No.399　柏

夢→路上を踊りねり歩く。だんだん通行人巻き込んで何百人でうねり踊る。おどり念仏のよう。‘どぶ’ のわたり具合すばらしかった。

かの名高いニュースキャスターのH氏も群衆にいて、座っている彼の頭をペッカンペッカン太鼓代わりに私たたいてそれ伴奏にみんな踊らす。キャスター氏も大喜こび。

No.400　帝釈天

マー何考えてる？　何にも。からっぽ。考えることも考えたいこともなにもないから脳がゆ着を起こしていると思うよ。

No.401　我孫子

昔、ひどい不眠症だったのに、今はすぐに眠ってしまう。眠れないなどというのはいちるの希望があるうちだ。

No.402　帝釈天

マー何笑ってるの。ただの筋肉習慣よ。

No.403　柏

私の三味線、曲でも表現でもない。

私はこんな音を出しますということだけ。

それは私の肉体の音。ただそれだけ。

だからほんとは無芸人。

No.404　松戸

No.405　逆井

ハルトは（の死は）残り家族に対する挑戦状だ。（中身は情愛についてだ）それによって私は壊滅した。

No.406　帝釈天

・・・へ最後の引っ越し。ムミカンソー。

箪笥すえて暮らすくらしなど二度としたくなし。

死の準備が始まるだけの最後の行程だ。

しかし、世界にも自分にもすべて興味を失なってどんな行程を辿る。

ロボットになってみる所存。実験生存。

No.407　柏

No.408　柏

植物が風に揺れる姿こそ底なしの……。

とうてい人間の比ではない。寂寥の極みだ。

No.409　帝釈天

ハルトが咲いてる。澄みきってうつ向きかげんに。（ユキノアカンボという花）

No.410　松戸

これからは一年を五年分の質量で生きること。急げほろ馬車。

▼東京の水、そのままでは一滴も飲めない恐ろしい水だ。

No.411　隅田公園

道芸をやっているときだけヒトとしてまあまあだ。ひたすらやるから。あとはすべて汚物と互角。

だから毎日欠かさず出ていって、必ずその時間を持つべきだ。

No.412　浅草

人はすでにおかしな行動をうめ込まれているのだろうか染色体内に。何かぱかっとはまって生きているような気になることあり。人を見てもそう。

運命論的なこの種の考えは拒否したいと常に思うわけだが。

No.413　浅草

芸(術)にと、背のびせず、はっきりと労働の自覚心でやると、次第に単純に澄んできて快適だ。

No.414　浅草

No.415　隅田公園

桜咲いても去年よりはるかに人が少ない。

不景気不景気と人はどうしてこんなに経済にふりまわされてしまうの。

どこまでも足で歩いて桜の花をみればいい。歩きの生活に変更すればいいの。

No.416　浅草

さあまた今日の汚濁を拭いとるためにお風呂に入ろうハルト。ゴシゴシ洗えばすべて一新ならいいのにね。単なる気休めで、またどうせ濁って元のモクアミ。

No.417　隅田公園

桜の花の満開の下。「ネエサンイイゾ」と声をかけられてから、からだユーモラスに急変す。

ユーモラスにもやっちまおうハルト。

いたづら小僧になって。

桜木の下のやぶの間をぬって踊りまくるイカレダンス。やぶの中ほど踊りやすい舞台はなし。

なにしろ藪は‘蔦もからまるこんがらかり’だから、こちらのからだも負けず劣らず迷路だらけの出鱈目茶苦茶カラダになって自由自在。

今マデデイチバンオモシロカッタネ。

No.418　浅草

怪奇な心の模様を額に集約してこの頃生きているらしい。複合じわの無残なワタシのおでこ。

No.419　浅草

春休みの少女たち10人ほどの前でおどるおどる。
「とってもすてきでした」「ありがとう」
よかったねハルト。これで今日さよならでよろしい。
またあしたガンバ。
――なんという夢。人前でしゃがんでうんこす。黄色くていいにおいのふうわりした小山。それを恥ずかしげもなく丹念にかき集めてかたづけている。きっとこういうきれいなうんこをしたい願望の夢。隠す必要ないほどきれいなものを。
子供たちだってみんなうんちするの嫌がって、どうにもならなくなるまで我慢するくせがあったっけ。うんちないないってうそついて。（これがヒトの嘘癖・虚飾の出発点）こんなものこわいって泣いた子もいる。

No.420　帝釈天

高橋和巳『邪宗門』、阿礼と千葉潔、てらてらと暗黒色に輝いて魅せらる。
すごいマグマエネルギー。
このような情動のエネルギーで人は生きたいもの。ツジツマ合わないような、この魅力的過激はやっぱり短命の相。
男でもこういう魅力的な人居るのですね。

No.421　帝釈天

ハルトへ→この頃地球は季節を問わず恐ろしげな風ばかり。発狂の態だ。変な場所とはなってきた。

No.422　浅草

桜おわって人まばら。残り花はらはら散る下で独りごちて心地よくやる。花びらがたえずマーとお前にかかって夢まぼろし。

気候の加減で安吾のような妖気の満開はめったにないから、残り花が風に舞い散るさまの方がよっぽどきれい。踊りおどる。浮浪の人が堤の壁に寄っかかって、ずっと見てくれてしまいに拍手。

屈たくないいい笑顔。

No.423　渋谷

魂がふっ飛んで歩くようなこの風があれから何百回吹いたことか。同じようで全部違った風。ただの一度も同じ様相をくりかえすことはない。たった一回きり過ぎていくだけ。人間の事どももすべてこれだ。一回きり。くりかえしは一切なし。関係が元に戻れることがあるかって？　哀れなことにないのです。すべては次々と置いていく。処理場。どんどんものすごい速さで通過していくだけです。あのたまらない捻りをあげてふっ飛ぶ風と全く同じです。人の正体は風。過ぎてさようなら。だけです。二度とふたたび、さようなら・さようなら、風がすべての代弁者。まことにさみしくあはれなニンゲン。

No.424　帝釈天

さようならと花が散る。お前とマーにつもるよに散りかかる。お椀の中にも花びら数枚。咲いた桜を眺めるよりも、散りふりかかる花びら下で感じているほがずっといい。我ながら優しい気持ちに一瞬なりかかるから。

No.425　神宮橋

人の間に生きなければ、人間と呼ばないそうだ。そういえばもうだいぶ前から、確かに人間の気分がしないような気がする。

No.426　神宮橋

三味線といい、姿といいあまりにも寂しすぎるという人あり。人は人ともっと手を組む姿勢を見せなければと。それはごもっともです。ミンナそれがよいです。けれども私の安住の地は人と手を結ぶところにはすでにありません。
“独り感” が自分の中で満ちてくる時、最も安定を得るのです。
いわば、歪みではありますが　これが私の自然の経過ですから、このままでよいのです。正しきお説教の届く範囲に私はもう居《お》らない。そんなに強引な指導をしないで下さい。おとなしく路傍の石となってみんなの邪魔だけはしませんから。
考えてみればあの人みんなに聞こえよがしに大声過ぎたよ。本心で物を言う時にはそっとつぶやくようになるものだ。早くどいて下さい。陽があたらなくて寒いから。黙りこくってやっているのが私いちばんシヤワセなのだから。どいてどいてのディオゲネス。
映画に出ようだなんてそんな馬鹿ばかしい作り物。でもあれ、韓国の『風の丘を越えて』よかったなあ。（韓国なんとなく好きだ。良い粘着質を感じる。知らないけれど。）
ハルトただいま。いつも笑ってるのね。
今日は（も）ヘトヘト。きらいなエスカレーター使うことほとんどないのに、今日は階段を上れなかった。やっと部屋にたどりついた。体がすり減ったように、全身が痛む。歳とったねえマー。夕方、泥眠り三時間。

No.427　帝釈天

顔面ケイレンがもう何カ月も治らず。
表層の抑制的な意志などでは体はどうにもならない。
——「ぼうやはよい子だねんねしな～」
「それもうあきたよ」
「マーは永久にあきないよ」
「勝手にしろ」
「ハルトはよい子だねんねしな～」

No.428　上野公園

おまわりさん前通る。見逃し。
おまわりさんもよい人もいる。
“あの時”の警視庁の生活安全課のＴさんや山梨県警のあの人だって、まるで忘れ難い教師のように親身に奔走してくれたっけ。

No.429　上野公園

ハルトが一羽のニワトリみたいな大きさにぎゅうぎゅう圧縮されてビニール詰めになって送られてきた。瞬時に全部をみたが足がどこにも入ってない。最後に‘空しい’と言ったという。

No.430　上野公園

さみしかったねこの世は。いっぱいあって何もない。
‘心貧しきものは豊穣を逃す’か。
さあ、物忘れになるために今日も出かけよう
死は死であり、解放にはなり得ないところが余計にさみしい。

死を解放と思える極ロマンチストにはなれない。
今日は金曜日？　疲れてなまこみたいな体になってきた。

No.431　上野公園

恐ろしい道が視える。
そのまま地獄道を行きなさい。
それがアンタの大道じゃ。今さら血迷うなかれ。
夕方雨こんこん。
アパートの小さな窓から見えるのは曇り空を流れる大量の雲。あごあげてず～っと見ながら三味いじっていたら、下界のリズムは馬鹿みたいに思えてきたぞ。
空の雲のあの変幻自在にとられちゃった方がいいだ！
ああばからしい地上のしきたり。地上を離《ハナ》れよ。
さよなら・視野狭窄で私はよい。

No.432　北小金

この頃、音が呼んでいるような気がする。
呼ばれてついて歩くように三味弾いてる時あり。

No.433　上野

正当な？怒りをムラムラと起こすことは肉身に馬力が湧いてきてよい。

No.434　上野

お茶わんとお皿割る。何やら身が少し軽くなった。お茶わんごめんさよなら。終点へと着々下らなければ。

No.435　成田

この時代は一体どうなのだろう。
私などは風体、やり口共に、一目瞭然、破綻者のそれとして露呈してしまっているが、絵と花をめでてきたらしい・かってなく整った装いの過ぎゆく人々は。

No.436　帝釈天

体はどうも数秒で激変するらしい。
喜こんだ途端にすっきりと澄みはじめる。これはたいへんなことだ。気持ちが体なのだ。
心の輝きが体の力なのだ。輝きを失なうと肉体は衰えるのだ。即ち老化するのだ。
たいへんだなあ、これは。故意に輝くわけにもいかないし。

No.437　上野

あの頃、夏はおろか真冬の雪凍結の地下道で毎晩十一時近くまで“よいつもり”での三味稽古。長い間の、心の飢餓感を、終盤に至って是が非にも払いのけたい思いで、趣味などではない命がけのことをやりたくて……しかも普通処ではない形を求め……。
思えばすべて惨事のお膳立てであったのか。前奏をやっていたのだろうか。事実、この事件が私を決定的に普通ではなくしてしまったのだから。まるで私が呼びこんだような……。
恐ろしすぎる私の道筋。

No.438　神宮橋

人は試練のために苦しみに生れてくるのだろうか。しかし、人生おもしろい、おもしろいと、いつもおもしろがっている人も……。
打ち消し作業に出かけるぞハルト。今日は『道』のジェルソミーナ？に踊ってもらおう。

No.439　上野

頭ズリズリ痛い。しかし一歩出てしまえばナニガシカやってしまえるのが常。
正装していざ。

No.440　上野
最初で最後の440回。
今日もおまわりにつかまりませんように。

No.441　八幡
基地に向かうあの爆音。あいつがハルトと時間を運び去った。そのあと私は時間の観念崩れ・暦不要と。
今日は膝痛ひどく　ひきずり足で踊れず。生れながらこういう人居るのだもの別に構わないよ。心なしか今日は素直な顔してるように思う。

No.442　神宮橋
この頃、真夜中に薬草を飲むクセがつく。毒薬のように黒いお茶わんで。うまいというより体に沁み入るような煎じ薬独特の匂いが部屋に充満して、明日狂う仕度にかかる私にもってこいだ。

No.443　帝釈天
さみしいね今日は。お前をはじめとして部屋の物たちみんなダンマリづくめでテコでも動かない。はるか大昔に狂った生を終えた者のごとくに。

No.444　上野
ひどい白濁感の体。
なんとかして今日を起こさなければ。

No.445　帝釈天
神は居らない。
しかしたえず眼前に厳然と立ちはだかっている真に正しき裁

定者としての死者。無辺世界へと拡がった巨愛としての死者。
(人間の)「死」こそ、これこそ「神」というものであるかもしれぬ。
死こそ揺るぎなき尊厳。

No.446　青砥

No.447　神宮橋

赤ん坊のようによい笑顔のおばあさんに会う。
なんとも自然にこんにちわって、私を見上げて笑って、帰りがけもずっとふりかえっている。
あんなおばあさん今後あらわれるだろうか。人類最後の笑顔?

No.448　渋谷

まるで疲労物質みたいに疲れている。肉・皮・骨、みな熱ばんでよく眠れず。
誰か、手の平で背中やさしくさすってくれたらいいなあ。人と手を切ったくせに、時折こんなふうにも思う。
破滅街道まっ逆さまに下ってか。
まっさかさま。どれが上りか下りか・曲りか世の中逆さま多いし。
人間はたわいない暮らしがだめになると、麻原のように一足とびに世界の破滅を願うようになる。だから・人にとって'取るに足りない'暮らしを持っていることはたいじなことなのだろう。

No.449　上野

No.450　神宮橋

日に数度、わけもなくぶるっと単発のケイレンをする。なにか決定的な根の深い拒絶症の体反応だ。

No.451　船橋

No.452　神宮橋

明治神宮前はトクベツの珍奇衣装とキマッテル。さあ行こう。マーはお前。

No.453　上野

No.454　帝釈天

人と軽く口げんか。この頃‘けんか’が好きだ。

なぜならそれで公然と自閉が許可されたような気持ちになるからだ。閉じて人と連絡を絶った時のみ、混じり気なしのほっと安住のほら穴に隠れられるからだ。ゆえに、けんか・立腹をわざとデフォルメするきらいが近頃の自分にはある。

ね、ハルト。ハルトにはわかるのね、この感じ。

（イヤシカシコレハ中学生並デ恥ズベキカ）

No.455　上野

今日はあの人とあの人が座りこんでじっくり見てくれたから今日ときっぱり手を切れる。そしてこの不景気に千円札二枚。

No.456　神宮橋

「こうではない」と大抵は否定が起きるものだから、いつも・体・神経くたくたの消耗衰弱。

コレ抜けられないとほんとの無意味になってしまうよ。これでよしと少しは肯定できるところまで行かないと。

No.457　神宮橋

No.458　上野一時間のみ

・・氏、一切禁止と高圧力。荷物没収という。子供のお墓を没収して何するつもり？

こんなに威張ってどうしたんだろうこの人。狂人の私を、はるか上回っている。

No.459　上野

途中、易者にドスの効いた声でどいて！と言われる。自分の土地と思ってるらしい。そんな、ヤクザみたいにして人を占ってあげるの！　アンタ自身が貧人相というものでしょう、それじゃ。

No.460　帝釈天

No.461　上野

よくこう毎日潰れていくものだ。

だるるり———と。

No.462　本土寺

壊れごころのせいか、心があまり期待・報酬を求めていず、三昧・控えたしんみりの音出る。自分の音を味わってる感じ。

No.463　本土寺参道

唯一、ふとんのあたたかさだけで生きてるようなものだ。

No.464　代々木公園

今日をやり過ごせたねまたあした。

No.465　上野

守衛、数人かたまりでやってきて私マークされてるみたい。ここももうだめかも。

No.466　帝釈天

夜になっても雲にすわっているハルト。

ああお前、なんてさみしいことしているの。

No.467　町屋

都電にはじめて乗る。やさしい乗り物だ。人間の乗り物はこ

のくらいまでがよい。(乗ってると、ふと感情も体もやわらかくなっている)

No.468　帝釈天

心が脱水症状を起こしててひきつれひりつく。右脳のカドに痛みの大きな固まりあり。

No.469　本土寺参道

参道に排気ガスひどい充満で長居できず。人の世で車ほどアコギなものはなし。この排気ガスに直撃されると私はその場で呼吸が危なくなる。

No.470　本土寺

No.471　帝釈天

この頃、まちがいを隠そうとしなくなっていてそれが味わい？に転じていることがある。

No.472　本土寺参道

‘よそゆき’はもうどこにもないようにね。

ああ今日は三味の音良くて命びろいした。ずっと音悪くて、心、死にかけていたもの。(ひどい湿度続きで)

コレがだめなら一巻の終り。

No.473　神宮橋

悲しみは悲しいけれども、しかし一方、からだは心さみしさと心臓のエネルギーの支えに依って生きているようだ。

No.474　上野

時々泥棒みたいな目つきして、どこかを睨んで固まっている自分を見い出しあっと思う。

No.475　帝釈天

生きているつもりなら食べよ！と無理矢理つめこむと下痢ば

かり。体はロボットかと思えばそうじゃないし、やっかいな神秘ブツだ。

No.476　本土寺参道

この頃、子もり唄と念仏曲多産、二十曲。

No.477　本土寺

この小さな隠れ家、ハッチとマーの家。四畳半だって広すぎるくらいだ。部屋の真ん中に、あの娘（元不良だったのに、今は天女のように美しい）とそのお母さんが心をこめて作ってくれた白い千羽鶴のお守り。無垢となった死骸たちがみんな一緒に寄り添い合ってるかのよう。これ見ると死んだ子どもたちみんなに私は愛を感ずるから、この贈りものは私のかろうじての生の大切な支え。

No.478　本土寺

No.479　神宮橋

この頃ねぼけひどい。自分のとんでもない叫び声ではね起きる。隣の人間が壁をたたくこともある。まるで私の中に別人がぬっと入り込むように突出する。声も私のと全然違う。別人格、壊れた人格。今の私、数年前の連続線上に居ない。
時間が経てばなどと笑いかけてくれる人いるけれど、壊れた者は壊れたまま。

No.480　神宮橋

チラッとかすめるとか、気がするという感覚は案外（どころではない）一番正確な把握だ。（これに注目すると私の人間関係はさらに危なくなるような気がする）

No.481　不忍池

お前がお腹に住んでいた時に、マーは暑くて暑くて耐え難く、すいかばかり食べていたからお前は死んでしまった。
迫力のカルシウムも気配りが足りなくて・そのせいでお前は———。
マーがお前を生んでそして殺した。

No.482　不忍池

私は、小さな頃から、野山で動物のように、遊びとも踊りともつかず踊りあそんでいたのに、学校に入ってから長い間、1、2、3、1、2、3とやられたものだから、ひどく萎縮してしまって、ただの対人恐怖症となり芽が出はぐったのだ。
従って子供はもっと野放図にしておくと、みんな舞踊家（様態のこと）になれると思っている。

No.483　鬼怒川公園

No.484　不忍池

頭重と足冷えの治療に毎朝一分間逆立ちす。

No.485　不忍池

この世で一番お世話になったのは‘針’だ。
針仕事でどんなに間を持たせ慰めになったことか。チックタックチックタック最後に針くんありがとう。ひと針に何を込めたか日本の昔の女を度々思う。怨み節の針文化か。
針持つことによって死なずに耐え忍んだのだと思う。ふしぎな針一本。これを‘なりわい’にでもしていた昔の女は、怨みも次第に昇華させていったのかもしれぬ。

No.486　上野

・・のチンチクリンに追いかけまわされる。
チンチクリンは広大な心を、デカは小さく遠慮して。それがよい。

人を追い払う仕事して家族養っているらしい哀れさ。

No.487　神宮橋

今日も終ってふしぎだ。何もかも夢の中のよう。ほんとうに。夢だったのだ。夢ばかりで進行する一生。

No.488　神宮橋

願うこと皆無になったにより　いっそのこと鼻うたうたって
いつも笑って生きてしまうことに。
きめたぞハルト。そしてバタッとね。

No.489　帝釈天

階段ころげ落ちてから頭も晴れてきたし
ふるふるふるっと天然的な行為をやって
駆け抜けるよハルト。

No.490　盛岡

福島あたりの山が優しいね。

No.491　青森

津軽三味線にほとんど心動かず。タダウマイダケデスダ。若い人たち、自信過剰ばかり目立って魅力なしのマシーンです。
――生きてる意味、場所ぐんぐん狭まる。場所脱出して場面広げてみても同じどころかよけいに狭まる。無効。
――今日はまっ白雲があちこちにあって、ハルトの居場所は選りどり好み。神出鬼没で渡り遊んでいる。巨大な体になって　空に寝そべっていたり、雲の起伏をスキーしたり、頭骸骨だけになって哀しげに浮かんだりして　ほんとうに大バカヤロ――！
少しだけは実用に走らなければ生きてゆかれないこの世。のろまなロマンチックな顔をぽかんとして。（でもほんとうは

ロマンティだけで生き通したいね)

No.492　不忍池

夢幻のこの世。起こること悉くたった一度きりの邂逅と一瞬の経過。ほとんど幻覚のスピードで過ぎる。すすきヶ原を野ぎつねがひょ～んと幻のようにかけ抜けるあれだ。
しかもこの幻の事どもすべて起こるべくして起こる。自分在っての因果によっての決定項。なにも占い師など介さなくともじ～っと見れば自分のたどる行為透けて視えるのだ。
従ってマイナス事項避ければよけられるものを、よけずに突撃してしまうおそろしさ。
魅入られたようにひきずられていく。

No.493　帝釈天

言葉も動作も極端にのろくなってきた人は要注意です。特に若い者。意欲薄れ緩慢ががが目立ってきて危ない。ほんとうに信じられないほどのろのろしてくるのだから。(これを私は気にしながらも、“思案の深まりへの過程”と、かなり勘違いしていた)

No.494　上野

とうとう死が目的の生存となったか。
‘偉い人’はもしやはじめからこうなのか。
なまじっか、捉えどころのない生を目的にしてきたから不幸だったのかもしれぬ。幸福の欲望が過剰だったのかもしれぬ。
遊びに生れてきたような・笑うために生れてきたような私の赤ん坊時代の写真。
この深刻悲惨も遊び戯れの一種なのか。

No.495　上野

No.496　神宮橋

No.497　NHK前

ロックバンドの前に踊り出て拍手あびる。ロックで踊るのはからだがおもしろい。あばれ過ぎて心臓にブレーキかかり、やっぱり歳です。

No.498　代々木公園

踊りはじめると見ていた女性がか細く美しく唄い出したので、いつも暗めのおどりが次第に晴れやかに美しい？ものとなる。とても心地のよい変化で、あとから二人で感動し合う。珍らしいでき事。自然発生の。

やる人と見てる人、こんな自然な関係が生じ結ばれるの最高。

No.499　町屋

No.500　松戸

散り散りなる語りダンス。

No.501　明大前

No.502　上野

疲労肉で熱くけだるい。

ぎりぎりの少量のエネルギーで、その上無価値に被われて、夜どうやって眠ればよいのだろう。

No.503　神宮橋

No.504　上野

No.505　本八幡

No.506　上野

願うことなくなり・この前は清々と笑い・今日はだるくひきずり。

No.507　帝釈天

No.508　上野
No.509　上野
時代の空気と関係しないこと。
生まれ持ってきた夢を、死ぬるまで持続せざるをえないもの。
No.510　上野
どんな刺激も一切無効となるに至って一歩も動かず。私は岩か。
ここから再生を果たしてしまう人がいるのだろうか。
No.511　代々木公園
丸坊主の男の子と女の子（二人とも）どっかり胡座でずっと私をみてる。今日の私の命の恩人。
今日はこの二人に生かしてもらった。
No.512　船橋
もっともっともっと速度おとすこと。
車が走れば走るほど騒音がひどくなればなるほど人々が足早に歩けば歩くほど、馬鹿のようにのろまになること。まるでこの世の速度ではないように。本日・これ悟る。決める。
これまさしく人間のペース。私の生きのびの極意と。
No.513　津田沼
No.514　上野
No.515　船橋
No.516　八幡
昨日死に体だったからだが今日は透み通ること間々ありの肉体の神秘。どうも、ヒトの感知力では、この不可知の速さは追跡しきれない。
認知が常に後手に回らされる。（解らないままの方がはるかに多いし)。何によるのか当抵擱みきれない深淵が肉体にはある。どこかからか操られているのではないかとふと怪しんだりする気も起きてくるから、怪しげな神秘主義も横行するはずである。
とまれ、体に比べて心なんて単純だ。
嘘で固めてるのやめさえすれば。
No.517　上野
No.518　神宮橋
異常多発語→サヨナラ、日にざっと二十回。
オシッコにまでさよならと言ってしまう。
No.519　帝釈天
湿度異常に高く、淀んだたまらない暑さなのに、そよ風に吹かれているようなたたずまいの山田洋次氏に会う。こんな世に、これだけ涼しげな人めずらしいと思う。別格の姿。毎日出歩いているけれどこんな印象の人お目にかかったことがない。1.5メートルの距離から遠慮なくつくづく見つめさせてもらった。(電車の中)
No.520　上野
No.521　帝釈天
ハルト帰る。寝ころんで文庫本読んでいたら不意に立っていて「マー、こんなとこに居たのか」ほんとうに唐突でびっくり。午後三時。それから私の体は明け晴れて熱は去りすっきりと急な入れ替え。なにか意志のことではないような。夜になっても、こんな心地よくあったかい体何年ぶりか。お前が帰ったんだね。
No.522　帝釈天

22、3の男の子にサインを求められてチョッチあわてる。帰ってから"今度"に備えて練習する。

No.523 高砂線路脇

こんなアパートの一室でも虫の声、植木鉢に住んだの？
虫の声きいて、U2きいてると果てしなくさみしいねハルト。
生きてる狡るさが急浮上してきてたまらない。

No.524 神宮橋

今日は砂の感情・踊る。

No.525 高砂線路脇

No.526 松戸

すべて異形細胞のごとき何十億という人間、擦《こす》れ合う異物同士。これでどうやってサイワイを。
アッハアッハと互いの異形ぶりを愉快がる以外に？　人は多面体でおもしろいと言って。
(こういう感じ方ばかりの私にも疾うに飽いてホトホト嫌気がさしてきている)

No.527 松戸

No.528 北千住

オウム→壁なんかなくてもああ言う場合、未だ耳塞がれの監禁・隔離暮らしとおそらく似ているのです。会社組織と似たようなもので、いったん所属してしまうと、その内側にとりこまれた者は歯車と化して、客観性がひどく薄弱になるのが普通処の人間の常。その組織内軟禁の内側で、人は長期（会社なら定年までも）生きてしまうのだ。
しかもあの場合、首領が殺人もいとわない逸脱した悪党ときてるから、ずるずると居残った者はひとりひとりアッと驚ろく徳高い個人にでも変化していく以外は、もうヒトの普通の暮らしは無理となってくる。
アレは、法制強化して追いこむ方法ではよい結果は何も得られず、むしろそれでは新たな別種の爆発（オウムだけの話ではなく、抑圧はバクハツと決まりきっている）の誘因となるだけだろう。
非人間的な攻め方は常にその場だけの対症療法でセコい。滝本太郎のような人の旗の元で、じっくりと人間のやり方を執るが最もよい。

No.529　帝釈天

No.530　高砂線路脇

ガガンガガンとたえず電車通過。たえず体・揺すられてるようなこの変な場所・案外好きだ。
子供を消してしまった私の生の悲惨な終盤。置いていくやっとの一日。

No.531　柏

No.532　柏

人々の無関心に誘発されて自由領域に飛び立つのがこの頃身についてしまって、空飛ぶ鳥の孤独と自由が、肉身に一挙に入りこんでくる。よい気持ち。帰りに必ず体が晴れているから。この筋道でいいや。
それにしても現在、人間はおもしろい？変なところに立っているよ。人の体からアンテナ線が全く出ていない。出してる人もいるがきわめて稀である。単なる身体。（この体は物々交換的無味の解剖学人体）
これは、これから人がどういくのかの岐路位置だ。地上に、何億人間が居ようが、‘ただひとり’の肉体の居ずまいである。私も。
ヒタヒタヒタヒタ砂漠を行くがごとくの姿形で、ほとんど死に体の私とあまり変りばえしない。これやはりまずいのではないか。
これでは子供だって減少します。あるのはただ遊戯だけだから、女は子供生む気になどならないもの。（遊戯の子供なんか）（あんな死にもの狂いの子供産み、ただの遊戯の結果で経験したくない）
経済のせいでも福祉のせいでもないのです。愛が足りなくて子供が減っている。
アイが濃ければ一人15人ぐらいは生むでしょう。（アイがあれば貧しさなんてやっぱりへのカッパ。）（アイの欠乏は公害の比ではない）案外恐るべき現在位置である。

No.533　神宮橋

三味線に踊りをさせるのだ。鳥のようにはたはた懸命に羽動かして軽いところへ浮かぼうねハルト。
クソクラエから創造は始まるのかもしれない。

No.534　浅草吾妻橋

浮浪の人が目前に座りこんで、金ないけど聞かしてって。
‘よ～し’と心決めして下手だけれどけんめいに弾く。
「俺に向かって真剣に弾いてくれた」と言って、涙うかべ土下座して手合わせ、私・恐縮。
（この人、なけなしのお金で、ホカ弁買ってきてくれた。→とてもいただけません）

No.535　船橋

あーまたここ数日大ためいきばかり。
今日は空には長いすべり台の雲が渡った。雲を頼りにして私は生きている。

No.536　高砂

この頃、間《マ》が異常に長いのが私の体に合う。
ず～っと自然沈黙してるようで。
音が出てるより、無い音のところが私の体にしっくりくる。

No.537　船橋

人も本も食べ物も眠りもみんな間に合わせ。
名作も今や無効となった。ほんのちょっとくすぐられる程度の刺激しか感じない不感症。
それと、抜けめない観察力と細大もらさずの細緻表現の巧みさなどとの憎らしげな考えがちらつくのだから、もうお手あげだ。
心はもうとっくに臨終を迎えている。

No.538　船橋

朝が難関。朝さえ通過できればその日をすべらせることができる。
そうだ忘れていた。にこにこ笑って、やりまくってころっと死ぬんだったっけ。それすぐ忘れてぐずぐずと歪んだ暗い顔してしまう！

No.539　浅草吾妻橋

うっすら汚水の臭いが上ってきてはじめ嫌ったが、そのうち何も無しの私には無いよりましと変化して、うっすら親しみさえ覚える。次第に隅田川の臭いと打ち解けて演る。

No.540　船橋

今日、ハルト、雲のライオンにまたがって空をゆく。台風だから速い速い。
尻上げてさっそうとゆくゆく。
お前のくれたU2の音は永遠の旅をゆく音だね。気高いし。じっときいてると子守唄でも讃美歌でもある。この音きいてるとマーも止まることなく流れ歩こうと思えてくる。
(アイルランドなのに、秋田の馬子唄とすごく似ているのもあるよ)

No.541　松戸

久し振りの踊りでからだの要求高く、さっぱりした悲哀の筋道を際限なくたどる。どこまでも果てがない自由さ。
運ばれているようで自分の体の重さが消えている。
多分、変な鳥となっていると思う。

No.542　神宮橋

ああタマに腹を立てると身がしまってぐっと元気になる。歯の力だってぐんと増してガリガリッと凄いぞ。元気がないから時々腹を立てるべし。

No.543　浅草

道歩いていて、身心の所有感覚うすく茫洋が時々度を越す。空気ともなんとなく合い性悪くマッチせずハグレからだ。誰か私を呼んだ？
人も遠くて妙なおかしな距離感だ。
ハルトはあまりにも早々に今のマーのように無味カンソーの砂の人になっていたのね。それじゃなかったら死なないもの。人間の死の原因は絶望しかないもの。
そういうお前に対して‘命がけで’に欠けていたワタクシ。

百万の言葉並べても当抵誤りきれずだ。お前と同列になることによって詫びようと思っている。その他の方途はない。

No.544　帝釈天

No.545　浅草

一日に稚拙芸をやる数時間以外は、私の身からはたえずぽろぽろぽろぽろ惨憺がこぼれつづけている。

No.546　船橋

No.547　柏

野菜売りの、腰直角に曲がった88歳おばあさんと仲良しになっていつも二人で並んでやる。この腰でどうやって自動販売機に手が届くのか、必ずお茶を買ってきてくれる。右・左にゆ～らゆ～ら上半身あやつりながらしっかり歩く。アンタに会うと気持ちがいいと言って。

No.548　北千住

とてもいい目つきをした逆立て金髪くんや……に出会ったりして目と目の通電現象が起きたりすると‘ステタモノデワナイニンゲンノアタタカサ’がチラと頭をかすめることもある。

No.549　神宮橋

延々と真っ平の雲だから
今日のお前はランニング。

No.550　柏

人間の呼称をはじめに‘妖怪’とでもしたらどうだったろうか。それならば、斯ほどに落胆の地獄落ちとは……。もともと妖怪なら、妖怪のくせにこんなにすばらしい面もありとなるやもしれぬから。なまじっか名称が上等すぎて、がっかりばかりが続く人間の生存。

No.551　松戸
私の三味はまるで土木作業のよう。
シャベルでジャリッジャリッとすくってる音。
No.552　浅草
No.553　神宮橋
人は、‘あたたかなもの’にだけは必ず心動かす。オウムの転入阻止……それやめて転入受け入れて折りにふれては懇切に気づきを促すのです。根気よく。
そんなに意地悪くするもんじゃない。
それじゃ逆に市民さんの方が悪らつになっちゃうよ。元々があの悪党にまんまと引っかかったぼんやりのノータリンなのだから。
少し我慢して包みこんでやれば気づきの変化も起きてくるというものです。ヒトはそういう筋道をガンバってとらなければそうしなければニンゲン全体サイワイなんかあり得ません。異物同士のごりごり不快なこすれ合いしか永久になしです。
No.554　帝釈天
No.555　浅草
しかしながらこの人生　見事に破滅的だ。何ひとつ実ったためしがない。全部必ず壊れるときてる。カクナル上は破滅の上塗りの最後をと秘かに願望しているような気さえしてくる。
No.556　柏
まんまるなお月さん見て「ばーかみたい」　これじゃわたしもおしまいだ。

No.557　北千住
毎朝逆立ち一分間。
ずいぶんうまくなって頭痛半減す。
No.558　北千住
工事現場の大音響、べとつく暑さ。
それでもこの世は冷や〜っとした触感だ。それは私のからだとそっくり。
内臓がいつも熱ばんでいて皮膚が不気味に冷たい。夏だというのに。
No.559　帝釈天
人里離れ離人と言って
ポストの中に手紙みつけて
少しあたたまるワタクシ
No.560　浅草
壊れた人生・壊れもの。壊れものがカッタンカッタン歩いてふふふ。電車に乗ってすい〜っと運ばれてどっかで降りて駅前工事の発狂の起重機音のすぐそばでガンガン三味線弾いたり、るるるる〜とハミングやったり、耳つんざく機械の音を伴奏にして、幽霊かそよ風のように踊っちゃったり。ネ。今日もこれで一丁あがり。
あとは死んでるも同然。無味のごはんをガリガリ食べたり、穴あきの目玉をして壁みていたり、待っててねハルトとつぶやいたりさ。
おもしろがりやの人はこれで人生おもしろいと思うのだろうか。
No.561　神宮橋

ゆうべは珍らしく苛ついて眠れず。
近頃苛々する積極失せて眠り名人になっていたのに。苛々は健康な精神に宿るもの。なんとかなりたいから苛々するのだから。それ消えるとおしまいのこと。

No.562　高砂線路脇

マーの心臓がどっきんどっきんと表面に響く時、（疲れてくると心臓は浮上する）急いでお前を抱いて心臓を共有する。

No.563　津田沼

すごいですね人間の一日一日は。
まるで二トン三トンの重量の身と心で、うんうん刻みつけるように生きる。ぎゃ〜っと叫んで身をつんざきたくなるよ。

No.564　船橋

はじめに体から、期待感をはずしてそうして始める。

No.565　津田沼

金髪おにいが「強敵がきたぜ」と言う。

No.566　津田沼

教授みたいな紳士氏、
「どうしてこんなことをしているの？　おいしいものでも食べて少しお話しませんか」
「私はお墓です」
「ぎょっ」それでおしまい。おもしろいですニンゲンは。いいえ幻滅です。

No.567　帝釈天

お前は「炭焼きにでもなりたいな」って言ったね。マーがもう少しガンバったら、きれいな森の中へ入って原初原始にかえって‘永久暮らし’始めよう。二度と出て来ずに。森の中はいい。

No.568　帝釈天

お前は松本から新潟へ。マーもその区間を、君の見た景色に目を皿のように凝らして通ってみた。お前はありありと消えたことが明白となって、マーも魂がぬけて直江津ではとうとう三昧を握れなかった。

次第に首垂れてホーホーの体で帰ってきた。だけどもまた行こう。悲しみのために。

No.569　神宮橋

イズムと名のつくものはおよそロマンティぐらいのものでこの世がすめばよかったのにまったく。プラグマだのリアリズムだの持ち出さなければ事がすまなくなった文明世界には、もはや用事なしさよなら。

No.570　北千住

No.571　高砂

窓の向う側（外）にカーテンつるして空まで部屋を延長する一計大成功。

部屋、大空まで通じてハルトとつながった。

空巻き込んだ広大な部屋です。

No.572　船橋

醜くさまとわず、初々しいまま骨となっちゃってかっこいいというのかハルト！

No.573　帝釈天

疲れたねハルト。

まずはぐっすり眠ってしまおう。

No.574　神宮橋

ハッチのバカ、マーのバカタレ、これが最終結論だ。
もう一つの結論。
ハルト→無形の永却の虚無。
私→かろうじて有形の永却の虚無。

No.575　北千住

一人遊びして我慢して待ってれ。

No.576　浅草吾妻橋

それでも時折上ってくるヒトの名残りの感情を天日に干して水分とばし乾燥させて干物にする。それであしたはからからの枯れ葉になって踊ろ。

No.577　津田沼

千葉工大前。こんなところ歩いてて、多分歩くはずのなかったところ。こうして私のすべての行動はズレこんだのだ。

No.578　松戸

今日のからだはまるで野うさぎのように軽い。どうしたのだろうねハルト。
駅前広場のオルゴール時計に合せてねじ巻き鳩ぽっぽを踊った。
ナカナカヨカッタトオモウ。

No.579　神宮橋

やはり‘潜伏’が最善。
今日は晴れて高い空を一旦見上げて、気が済んだあと潜り。
長い間それそのままで自分で飽きがこない。
ただ気持ちが澄んでいくばかり。うっすら笑っているような気がする。シャッターの音が矢鱈にしても、いつもと違っていやにならず。

（なんでも自分のせいかもしれぬ。）
（濁っているかいないかの）

No.580　浅草

逆さま一分。垂直ジャンプ27回、追加27回で出発。体軽すぎて要注意。

No.581　日暮里

肩と腕にべちゃっと鳩の糞浴びる。
鳥のフンも負けず劣らずいやらしい。
（バフンだけは、私は子供の頃からふんふんなんだかいいにおい。ウチの青霧《アオギリ》・人品に比べて確かな馬品があった。馬だけはとても好きだ）
（馬と結婚する民話があるのよくわかる）

No.582　帝釈天

お世話になった樫の木の根元に本・小道具・写真など一番だいじにしていたものを埋めてくる。まず物からさようなら。

No.583　松戸

工夫《くふう》の余地ってあるんだね。もうこれ以上すっかりなしで終りと思っていたのに‘見つけてしまった’。
際限なくあるのか？もしかして

No.584　北千住

No.585　小岩

夕方・江戸川までランニング。土手に立つと目前に否応なしに目に入るまんまるお月さま。
うれし悲しにつけ幾十年見上げてきた月も、ハルト以後ついに目をそむけてしまう羽目に。
あれが殺られて上九一色村に向った夕刻、折りしも富士の山頂にさしかかった月のおそろしかったこと。血液が酸化したような、いやなまだら茶色に変色した月とその色浴びてどろりと血染めに染っている富士山のなんともすさまじい怪異な姿。惨事にふさわしく用意されたかの富士と月の、未だ見たこともないあのぞっとする光景。地獄富士だった。

（何かと助けて下さった上九一色村のOさんが今の季節・富士がきれいだから迎えに行くからいらっしゃいと言って下さっても返事ができないままでいる）

No.586　浅草

母が来たようで私は急いで、入り口のそばの木枝《きえだ》に張りついて隠れる。

ぶつぶつ言って帰ってしまうまで葉っぱの陰にず～っと隠れつづける。もはや母親にも会いたくなし。

No.587　神宮橋

No.588　松戸

私は、自身の死に等しい死の経験によって、言語含めて　人間の圏外にはじき出されてしまったのだと思う。勿論これは唐突に生じた、背負わされたものではなく、私自身の素質的というか、私が生きたのだから私が作り出したモノととるのが正確だろう。

No.589　船橋

日の光をはじめとする雑多な刺戟を体に浴びている昼間はなんとか人並の巾《はば》範囲に居る事ができるが、雑種音の消える夜のまっくら闇から朝にかけてはごまかしようもなく、皮をひんむかれたイナバの老うさぎのような生をさまようこととなる。ソンゲン根こそぎ自業自得に剥奪されて‘人間心地’というものがひどく希薄で　あしたの路上公演を待ってゴソゴソしている以外にない。

No.590　北千住

自分の命ととっかえひっかえになりそうな恐ろしげな難産で、ぐうの音も出ないあまりの酷さに、木の端くれのような無感動でお前を産んだあと、まっすぐどこまでも続く何も無い一本の白い道が浮かんで消えず、なぜかそれにこだわり続けて、小さないのちの哀れさと・すぐさま湧いてきた烈しい愛しさと、肝を抜かれたような自分の哀れさも入り混じって、あの時私は三日も四日も泣き続けたっけ。
はっきりと眼前にあらわれた何もなしのどこまでものあの幻視・暗示的な白い道。
お前が消えてしまったことと、あの不思議な無臭の白い道は、私の中で、今妙に符合してしまっている。

No.591　帝釈天

No.592　小岩

結局、カミやホトケの幻想を抱く人以外は、この‘人世界’は相当に難渋する場所である。

No.593　神宮橋

この頃ははっきりと禊《みそぎ》に向って出発する。座った時、身すすぎ行為という意識・自覚がはっきりしている。穢れのというよりも我ながら色濃すぎる……否定の自己嫌悪を剥ぎとるつもりで、踊りなり三味線なりの行為に縋るように没頭する
(神仏のケほとんどなしのワタクシだけれど、この行為自体が怪しい新興宗教かもしれぬ)

No.594　帝釈天

その日じっくりと向き合えた人間が一人でも居ると、生かされた・ほっと救われた思いで　心底喜こび感謝する。ありがとうと呟きながら帰ってくる。
今日は韓国の男性。よされ節、踊り、子もり唄の三種。正面に座ってみてくれて　誠意と喜こびの目の交替をして　お互いに心ていねいにさよならをした。

No.595　津田沼

精妙に縫い合わされたハルトがそっと帰ってきた。

No.596　日暮里

部屋の窓から見えるのはカラスの止まるアンテナ一本と空ばかり。空がふたりの故郷となった。ハルトは今日は曇天の動く雲に乗って　ゴンドラを運転している。

愚行597　神宮橋

No.598　立石

二十一、二の若い警官に追い立てられる。こんな若いうちから「今度来たらタイホするぞ」なんて命令を発する体・末恐ろしい。変っていきなさいよあんた。

No.599　浅草

No.600　船橋

No.601　帝釈天'99.11初旬。

お前が死んだのなら
どうあがいても
やっぱりマーも死んだのだ。
以後はこぼれ星に移住して
この先あと僅か
ふたりの死体の表札かかげ

もう少しだけ
生きた証？　に・お印に
行って・生きてみよう・二人がかりで。
行っても生きてもたわいない
それっぽっちのハナシだけれど
致し方なし　致し方なし。

あとがき（一）

全体、どこもかしこも　偏向と矛盾だらけ。
あるいは自己救済法。妄想的逃げ。
けれどもそれそのままで。
この挙げ句このあと再生の方法が
ひとつだけあることを即ち現在位置から
もう一度・反対側にでんぐりかえる方法
があることを知ってはいるが
虫レベルのこの生涯はこれですごすごと
自然消滅にと思う。一つの生涯は一種の形で。
再度のデングリは立派すぎて
腰を上げる心意気のエネルギーが
私にはほとんどない模様。

1999.11.8

［附記］最後に、痛切に子供達へ。
はい、この悲惨事はこれでおしまい。
黒く引き継がずにぶつんと切って、
事件と私を、反面教師として必ず活かし、
思う存分の、ダイナミックな生を切り劈《ひら》いてゆくこと。
やはりはそれによってのみ、「死んでも命は永遠の存続」と。
再生は、若竹の君らに委ねます。
熱情を、胸のど真ん中に据えて
熱く熱く行きなさい。

マー。

あとがき（二）

オウムの居残りに告ぐ。
許されざる者（世間側からと自らと）として
もはや、‘出ること’が憚られるならば、せめては
あの糞尿のようなジンゲンだけは
きっぱりと蹴っとばして（唯一、すべての手下《てした》に捨てられることによって、彼の改心の可能性も出てくるのです）、全く新たに農業の自給自足の共同体でも作って、次第に人も羨やみはじめるようなユートピアをどこかにつくっていきなさい。成員ひとりひとりが、‘人間であることを及び生きているということ’を心底、喜こびかみしめ合うような理想の世界を築いて人々に示してみるのです。それによってじっくり汚名挽回しなさい。「徒党」をやめないのなら、それしか道はないでしょう。
（今のままでは、哀れ滑稽な猿まわし）
（第一、他人の考えた教義や呪文をもんじゃらもんじゃら真似て従っていることが宗教じゃない。厳密には、宗教とは一人一人が歩みの末に行きついて編み出していく個人的な祈りであるでしょう。命の歓こびを最上の状態で実践することが、真の宗教というものでしょう。元々、それを求めて「入っていった」のではありませんか）
このようにしてみんなでやがてはあのアサハラをも改心させていくのです。それをやってのけてほしいと思っています。
（偽らざる心持ちで向えば、土地だって譲ってくれる人がきっとこの国のどこかに居るはずですから）

著者プロフィール

尾崎 ふみ子（おざき ふみこ）

栃木県日光近在生まれ。

父親→元漁師から疎開貧農から栽培法研究で米作りの名人へ。

私→（「ひとり踊り」歴20年）。高校教員（8年）から主婦（25年）から三味線踊り（10年）の大道芸人へ。

破《やぶ》れ遊行《ゆぎょう》独《ひと》り旅《たび》――オウムで死んだ息子とゆく

2000年10月1日　初版第１刷発行

著　者　尾崎ふみ子
発行者　瓜谷綱延
発行所　株式会社文芸社
〒112-0004 東京都文京区後楽2－23－12
電話03-3814-1177（代表）
03-3814-2455（営業）
振替00190-8-728265

印刷所　株式会社エーヴィスシステムズ

乱丁・落丁本はお取り替えします。
ISBN4-8355-0716-9 C0095